U0689820

取景框的使用守则

Das Sucherprinzip

萧加 / 著

ZHEJIANG UNIVERSITY PRESS
浙江大学出版社

萧 加　国家一级导演／杭州歌剧舞剧院艺术总监／中国电视艺术家协会电视纪
录片学术委员会会员／中国佛教协会理事／杭州市艺术美学研究会会长

　　参与 2008 北京奥运会开闭幕式、上海世博会开幕式、G20 杭州文艺晚会、第十三届全国
学生运动会开幕式等重大文艺演出的创作，曾担任 2008 年第 13 届残疾人奥林匹克运动会闭
幕式策划工作室主任。

　　荣获 2008 北京奥组委及奥运会开闭幕式运营中心颁发的"优秀个人奖"、杭州市人民政
府颁发的"文艺突出贡献奖"。其中电视艺术片《雷峰塔音乐大典》《阿姐鼓》获全国电视文
艺"星光奖"，电视艺术片《阿姐鼓》还获得第七届亚洲（日本）电视节评委会特别奖。

　　曾导演影视剧及大型纪录片《原野的歌》《中国民居》《中国最后的母系部落》《中国电
影的故事》《工作着是美丽的》《九姓渔家》《阿姐鼓》等近百部作品。

　　八次深入西藏，拍摄了反映西藏民族文化历史的纪录片《小活佛》《楚布寺》《西藏民居》、
电视艺术片《阿姐鼓》等，荣获浙江省优秀导演奖。

　　在舞台剧与大型文艺晚会的创作中，融合了影视艺术与大地艺术的创作元素，形成自己的
艺术风格。担任艺术总监的舞蹈诗剧《阿姐鼓》获文化部"文华奖""文华新剧目奖"，荣获
国家舞台艺术精品工程"精品提名剧目"等多项国家级大奖；担任艺术总监的舞蹈剧场《遇见
大运河》入选浙江省精品工程、国家艺术基金项目。

　　创作舞台剧《雷峰夕照》《和平颂》《西湖女神》等作品剧本，并为这些剧目的核心编创
人员之一。著有文艺理论著作《遇见大运河》《紧拉慢唱》《给未来的信》《取景框的使用守
则》以及摄影画册《中国乡土建筑》《中国民居》《中国传统村落图典》等，其中《中国民居》
曾获得国家新闻出版总署颁发的"中国文艺图书优秀奖"。

Jia Xiao ist ein chinesischer Regisseur, Autor und Fotograf.

Er wirkte in den Regieteams bei vielen nationalen und internationalen Kultur- und Sportereignissen mit, die in China stattgefunden haben. Seine Dokumentar- und Kunstfilme sorgten für nationales Aufsehen und gewannen die höchste Auszeichnung in der TV-Kategorie Chinas. Außerdem hat er sich intensiv mit tibetischer Kultur beschäftigt und hat mehrere Dokumentarfilme „Living Buddha", „Chu cloth temple" und „Tibetan residential architecture" gedreht.

Er schrieb mehrere Bücher „Meet the Grand Canal", „letter to the future", veröffentlichte mehrere Fotoalben „Chinese residential architecture", „Chinese traditional village map" und „Chinese local architecture".

Die Stadt Hangzhou verlieh ihm die Auszeichnung „Cultural Outstanding Contribution Award". The National Press and Publication Bureau China verlieh ihm „Chinese Literature and Art Book Award".

Regiearbeit bei Events
Eröffnungsfeier und Abschlussfeier der Olympischen Spiele Beijing 2008
Abschlussfeier der Paralympischen Spiele Beijing 2008
Eröffnungsfeier der EXPO Shanghai 2010
Eröffnungsfeier G20 Hangzhou 2016
Eröffnungsfeier „The 13th National Student Sports Games of People's Republic of China" 2017

Auszeichnung und Preis
China TV Art Star Award: Leifeng Pagoda Music Ceremony, West Lake Goddess
Asia (Japan) Television Festival Jury Award: Sister's Drum
China Wenhua Award: Sister's Drum
Ministry of Culture National Arts Fund Project: Meet the Grand Canal

Dokumentarfilm
Chinese residential architecture
The Story of Chinese Film
China's last matriarchy
Beautiful Workers

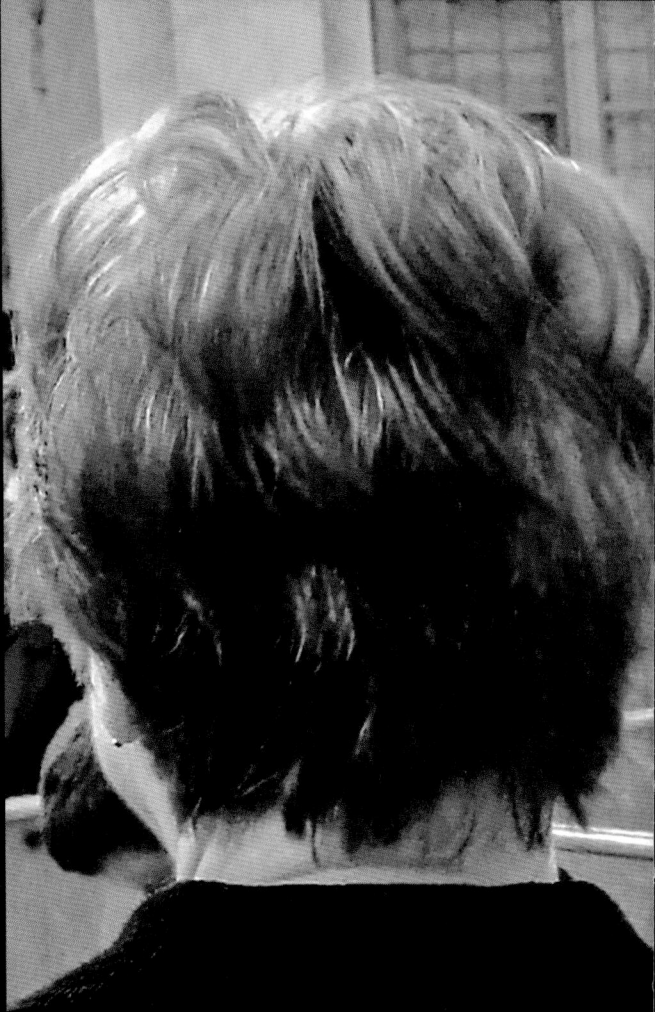

我去德国留学是在 20 世纪 80 年代末。因弟弟在美国，我原想去投靠他。我去美国驻上海总领事馆办签证那天，赶上 1989 年春夏之交的那场政治风波。中午时分，我跟女儿所坐的火车到了真如站就停了。我只能背着女儿，不顾炎热沿铁轨步行。

女儿看我累得满头大汗，说："爸爸，我下来自己走吧！"

走到上海已经晚上 8 点多了，我们直接赶到美国领事馆打探消息。站岗的武警战士安慰我们说："今天全部都签出了，明天来没问题的。"

我们就在附近找了一家小旅馆住下。走了将近 20 公里，真累坏了。刚躺下，女儿就说："爸爸，枕头下有小虫虫。"

我翻开一看，几只肥硕的大蟑螂，一转眼溜走了。我安慰女儿入睡后，就再没合眼。才凌晨 4 点多钟，我就叫醒女儿，到那里一看，领事馆门口已人山人海。一直等到上午 10 点多，领事馆发出通知：闭馆了。

看着领事馆门前久久不愿离去的人群，我只好带着女儿，拖着疲惫的身体，四处找车返回杭州。因为火车停运了，叫车就极难，好不容易才用高价叫到一辆破旧的小型面包车。颠簸了 5 个多小时，快到杭州艮山门车站时，那辆破车散发出浓烈的焦味，似乎马上就要燃烧起来。我吓得赶紧抱起女儿下车逃跑。

无奈之下，我只好再抱着一丝希望，申请去德国留学。还好，女儿的母亲与姨妈这时已在德国了，她们给我们提供了邀请函。

去办签证那天，德国驻上海总领事馆门口也是被围得水泄不通。看我是带着女儿来的，几乎所有等待签证的人都说："你绝对签不出的。"

轮到我时，被告知女儿不能进。看着嘈杂、纷乱的四周，我把女儿带到站岗的武警身边，对女儿说："你就站在这儿，千万不要跑开了。"

给我办签证的是一位黑人女孩，她翻了一下我的材料，然后送到楼上去，要我等。片刻后，一位戴眼镜的德国小伙子领我上楼，进了领事办公室。领事没在，德国小伙子细细翻看了我的材料，微笑着用流利的汉语与我交谈起来。他告诉我，他是领事馆翻译，参加过上海电视台"外国人讲普通话比赛"呢。

我热情地邀请他："杭州电视台也有类似节目，邀请你参加……"

这时，领事进来了。他60岁左右，花白头发，中等个子，很敦实的身材。他什么也没问我，戴上眼镜坐下，边看我的材料，边听翻译的介绍，脸上毫无表情，看不出他在想什么。我虽然听不懂他们交谈的内容，但看得出，翻译是在帮我说话。

领事起身，在身后的书橱里找出一本书翻阅起来……最后，对翻译说了几句什么，就离开了。

翻译转告我："因为你带女儿去留学，所以他要看一下德国移民法是否允许。不过你还是把护照留下，放心回家等待消息吧。"这番话等于告诉我，签证没什么问题了。

我出了领事馆，一眼就见到女儿满面的汗水与泪水，还有她那万分焦急的眼神，我感到极其内疚，心疼地把她抱进怀里，挤出人群……

我至今也纳闷，当时怎么会顺利签出的。门口那些没有签出的人，有的在哭泣，有的一脸茫然不愿离去……那时的人们确实都会感到一种莫名的"茫然"。

而我，当时在艺术创作上也感到了一种何去何从的茫然，这也许是我选择出国的主要原因之一。

到达柏林当晚，留我们住下的是一位年轻雕塑家，他对中国文化很感兴趣。我答应刻一方章送给他。可惜，以后再没联系了，欠了一笔使我很内疚的"人情债"。

当年在德国的中国留学生一共才300多人，不像现在有这么多的中国留学生。我带女儿去德国，就带了1000美元，是应急用的。几十年过去了，我仍珍藏着这1000美元，对于我，它已不是货币，而是我人生与青春的见证与记忆。

当时，德国对留学生打工控制得不是很严。学校还有专门机构介绍学生在节假日勤工俭学。我最初是在科隆大教堂广场边上的北京饭店洗盘子，那是一家广东移民开的餐馆，老板人很好。我洗盘子动作慢，碰到客人多时，一会儿工夫，要洗的餐具就堆得像小山似的，老板会叫来二厨和其他人帮我。

老板娘40多岁，很瘦小。她看我从下午4点钟上班，到半夜12点下班，从不喝水，就来告诉我，这里的饮料是不要钱的。我总是微笑着谢绝，因为我从不喝可乐类的饮料。

那时我每天的工钱是50马克，但下班时，老板的母亲，一位已80多岁、慈眉善目的老太太，总是要老板娘多给我5马克，有时，还会给一大包鸡爪之类的食物让我带回去。我离去时，老太太总是朝我点头微笑，目送我离开。她给我留下很深的印象。2014年我又到德国，曾要女儿陪我去北京饭店看看，可惜饭店早已易主了。

那时，每晚我收工走出饭店，矗立在眼前的是灯光中的科隆大教堂。在德国所有教堂中，它的高度居第二（仅次于乌尔姆市的乌尔姆大教堂），世界排名第三，是欧洲北部最大的教堂。其建筑风格宏伟而细腻，从灯光中更显出一种艺术与民族文化的辉煌。这座大教堂可以说就是一部德国的历史，包括建筑史、宗教史和文物史。科隆大教堂里收藏着许多珍贵的艺术品和文物。其中包括上万张当时大教堂的设计图纸，它们是研究中世纪建筑艺术和装饰艺术的宝贵资料；还有去朝拜初生耶稣的"东方三圣王"的尸骨，被放在一个很大的金雕匣里，安放在圣坛上。这里还有最古老的巨型《圣经》、体量比真人还大的耶稣受难十字架，以及教堂内外无数的精美石雕。另外，还有一些珍贵文物被保存在一个金质神龛内，这座金神龛被认为是中世纪金饰艺术的杰出代表作之一。在唱诗班回廊，还保存着15世纪早期科隆画派画家斯蒂芬·洛赫纳于1440年为教堂所作的壁画和法衣、雕像、福音书等珍贵文物。教堂内还有一座奥托王朝时期的木雕《十字架上的基督》，是哥特艺术最早的代表作之一，对后世的雕刻艺术的发展产生了重大的影响。

教堂四壁的窗户，总面积达1万多平方米，全是镶嵌着描绘《圣经》人物故事的彩色玻璃，被称为"法兰西火焰式"，它的色彩使教堂显得更为庄严。据考证，这些色彩缤纷的玻璃，只用了四种颜色，而且都有讲究：金色，代表人类共有一个天堂，寓意光明和永恒；红色，代表爱；蓝色，代表信仰；绿色，代表希望和未来。在阳光照射下，这些玻璃绚丽多彩，是大教堂一道独特而神奇的景观。

科隆大教堂被誉为哥特式教堂建筑中最完美的典范。它始建于1248年，工程时断时续，至 1880 年才由德国皇帝威廉一世宣告完工，共耗时超过 600 年，至今仍修缮不断。

我见过一张科隆城市的照片：二战时，在一片废墟中，只有科隆大教堂还屹立在莱茵河边。当年美军飞机轰炸科隆时，艾森豪威尔将军下令不许轰炸大教堂，这才使科隆大教堂得以保存下来。

我第一次进入大教堂时，里面正在举办婚礼，唱诗班圣歌的和声与管风琴的旋律，回荡在建筑物高高的穹顶下……来自世界各地的旅游者目睹这对新人的婚礼，为他们祝福。当新娘与新郎接吻时，不同国家、不同肤色、不同年龄的人们都送上热情的掌声。那一刻，我怎么觉得，好像是联合国大会通过了一项神圣的决议。看来，文化是民族的，但也是世界的。

每晚，我半夜下工，在夜深人静骑车离去前，总要仰望一会儿大教堂。这人类灿烂的艺术杰作，可以使你忘掉一天的疲惫，怀着一种特别愉悦的心情回家睡觉。久而久之，它仿佛成了我的老朋友，我们之间建立了一种特别的情感。

中国文化，以佛教、道教为重要载体，而西方文化则以基督教为重要载体传承至今。在特里尔大学学习时，老师特别叮嘱我，学习德国各地教堂的文化，是了解德国历史文化的重要途径。

我从科隆到特里尔大学报到，是花了 5 马克搭别人的顺风车去的。那人在特里尔城市郊外就把我放下。当时，已经是晚上 11 点多，我人生地不熟，只能凭着感觉找地方。

特里尔是个小城市，深夜，路上几乎见不到行人。我茫然地沿大路走着，听见有脚步声渐近，一看，是一位高个子的小伙子，金发，一米八以上的身高，挺帅。我像见到救星一样，急忙向他打探去处。

我要找的学生宿舍，在校外的一座游泳池边上。小伙子非常耐心地告诉我方向。我谢过他后急着赶路，大约走出十几分钟后，在寂静中，身后又响起脚步声。我转身一看，竟是那位小伙子急匆匆地赶来。我有些紧张起来：怎么，难道还要问路钱吗？

他气喘吁吁地告诉我，这座城市有两个游泳池，有一个是青少年游泳池。他担心自己指错路了。

我们核对无误后，他才放心地离去。我望着他消失在暗夜中的背影，不禁对这个民族肃然起敬。

第二天我去学校报到，从公交车上下来后，前车门下来的那位 40 岁左右的女士，穿着高跟鞋不慎崴了脚。我赶紧上前扶她，问伤着没有。她感激地看了我一眼，活动一下，说："谢谢你！"

谁料，我报到后到了教室一看，原来她就是我们的班主任。

她对我的学习非常关照，每次下课总要留我几分钟，问我学习的情况，并要求我每天下午没课时，必须去语音教室加强德语学习。

可我不是一位用功的学生，坐在语音教室总要打瞌睡，老想着去打工挣钱。那时在德国工作一天，相当于我在国内半个月的工资，所以还是很有诱惑力的。

有一天，我清晨4点就起床。天还没亮，女儿仍睡得迷迷糊糊的。我用腰带把她绑在身后，骑车到郊外的草莓园摘草莓，工钱5马克。

到了草莓园，女儿醒了，她趴在地上也摘了满满一板。我给她一枚硬币，告诉她，这是你一生中，第一次用自己的劳动赚来的钱。女儿一直把这枚具有象征意义的硬币保存着。

我骑车带着女儿回到城里，一辆警车鸣叫着追上来拦住我们。车上下来一位年轻、漂亮的女警官，合身的警服勾勒出苗条的身材。她看着一脸茫然的我，过来和蔼地告诉我，在德国骑车是禁止带孩子的。然后，她把孩子抱到车上，她开车，我骑车，一直把女儿送到了学校。以后的几十年，我只要看到女警察，就会想起当年那位女警官。

女儿在读一年级时，有一天我上午没课，早早到女儿的学校想接她出去吃顿午餐。我朝教室里张望，只见老师在黑板上写了一句话，孩子们则据此自由发挥，他们有的在纸上写，有的趴在地上画，还有的互相在商量……哪像国内上课时都坐得规规矩矩，只听老师一个人在讲的样子。其实，德国从幼儿教育开始，就一直在观察孩子的智力与兴趣的发展状况。到初中毕业时，学校会有一份详细的记录提供给家长，为孩子今后继续升学深造提供方向参考。下课了，老师又让孩子们排着队，带出学校去了。我以为老师还安排了其他活动，但其实学校是利用午餐时间，让老师带孩子们到不同国家的餐馆用餐，感受异国风情与餐饮文化，针对性地举一反三，从实践中教授孩子们地理和人文知识。

这使我想起，中国古代圣贤孔子，他教授学生也总以亲身感受来启发学生：不愤不启，不悱不发，举一隅不以三隅反，则不复也。

我反问自己，为什么现在我们的很多教育工作者会忘记我们民族的传统文化教育呢？

其实中国文化在世界文化中，具有很强的亲和力。我到德国不久，曾被邀请在科隆大学举办一个讲座，其间播放了我拍摄的纪录片《西藏民居》和《浙江民居》。现场的翻译，是中央戏剧学院在德国读博的老师，他指着到场的200多名师生对我说："有这么多人参加讲座，是很少见的。"

与会的师生除了提出许多关于中国传统建筑方面的问题，还问了中国戏曲、文学方面的诸多问题。我非常吃惊，中国文化竟会受到如此的关注。

我在物流公司打工时，工头也是一位中国文化迷，尤其崇尚中国武功。他认为凡是中国男人都懂得武艺，一定要我教他几招。碰到我偶尔迟到，他也会装作没看见，后来干脆不要我做搬运工了，派我到办公室收集被粉碎的文件，这是一项很轻松的工作。

我参观德国乌尔姆大教堂时是 2016 年 9 月。从那个城市街道上往来行人的衣着上，就足以看出这是个非常富庶、安逸的城市。

秋天的乌尔姆景色宜人，蓝天下，大教堂的三座塔楼直插云霄，教堂主塔高度达 161.6 米，超出举世闻名的科隆大教堂 4.6 米。

现在的乌尔姆大教堂长 126 米，宽 52 米。东侧双塔并立，西侧教堂主塔高耸入云，这是世界上最高的教堂钟楼，十分壮观。乌尔姆建造大教堂的计划始于 1377 年，同年 6 月 30 日埋下基石。1392 — 1419 年，当地建筑师恩辛格 (Ulrich Ensinger) 主持建造砖石架构的主教堂，设计高度 156 米，但经过恩辛格及其子孙三代人的努力，仍未能实现设计者的愿望。

15 世纪以后，该教堂的建造断断续续，几经反复，一代又一代的建筑师和难以计数的石匠们，参与垒建教堂主塔。直到 1890 年，在建筑师拜尔 (August Beyer) 的主持下，终于实现了恩辛格的设想。

我还参观了德累斯顿的圣母教堂、柏林大教堂、波恩大教堂、格里茨大教堂等，它们都是德国辉煌文化与历史的见证。

无论是在德国的博物馆、图书馆、教堂参观，在大学的课堂与校园里学习，还是在餐馆洗盘子、在农场摘草莓、在物流中心当搬运工、在德国最著名的巧克力厂包装糖果、在百货商店做清洁工、在报社印刷厂印报纸、在德国的日本文化馆打杂，这些经历，都储存在了我知识的宝库中，作为一种西方文化的表现形式，被记录下来。

在这些东西文化的对比中，我一直在思考这两种文化现象的特点。中国文化与西方文化的发展是两条不同的路径。春秋战国时期，中国"诸子百家"的学术思想，达到登峰造极的境界。他们的代表著作，如《论语》《孟子》《荀子》《道德经》《庄子》《列子》等，基本奠定了华夏文化的发展方向。

而同一时期，欧洲的苏格拉底、柏拉图、亚里士多德等人的《工具论》《形而上学》《物理学》《尼各马可伦理学》《政治学》《诗学》等著作，同样影响了欧洲文化与哲学思想的形成与发展方向，对科学做出了巨大贡献。文化发展的脚步，同样决定了一个民族科学技术的发展进程。

进入 21 世纪后，世界的发展，使人们在东西方文化中寻找两种文化"殊途同归"的道路，希望能够在保持各民族文化特点的同时，找到一条共同发展的途径，而不是在排斥与战争中寻求本民族的生存与发展。

其实，我们的祖先早在 1000 多年前，就已经在探索这条道路，由此才会有海上与陆上的"丝绸之路"。如今的"一带一路"也许就是实现东西方文化与经济"殊途同归"的康庄大道吧。

目 / 录

20 世纪 80 年代初，我为著名国画家周昌米先生拍摄传记片。周先生生于浙江雁荡山大荆。那是个山清水秀的地方，尤其使人难忘的是那些传统村落中白墙黛瓦的民居，淳朴、幽静的环境真使人心旷神怡。

周先生说这些古老的民居都是有灵性的，院内的天井放两口大缸，就是天然蓄水池，可以解决一家人的用水问题。那时用雨水泡的茶、做的饭都是甜的。夏天炎热，但屋里极凉爽，燕子在房檐下筑巢，伴随主人家度过整整一年的居家时光。

屋外的小河清澈见底，孩子们可以在水里捕鱼摸虾，凫水嬉戏。屋里立柱横梁上的木雕，则向人们讲述中国传统文化中那些经典的传奇故事。

透过门窗，人可接触外面的大自然，真如杜甫所言，"窗含西岭千秋雪，门泊东吴万里船"……

这些都给我留下了极深的印象。

回来后，我请教了被我称为大姐的张延惠先生，她是园林设计方面的专家；继而采访了当时浙江省城乡建设厅副厅长胡理琛先生以及浙江省建筑设计院总设计师唐宝亨先生。他们在中国传统建筑的研究方面都有极深的造诣。

通过采访专家，我意外地发现，散落在中华大地上的传统民居建筑，竟是中华民族文明的脚印。

这使我懂了，我们民族真正传统的家园，并不是城市里的钢筋混凝土，而是江南水乡河埠头边的邻河小居、山地民居的吊脚楼、遮风避雨的廊桥、竹林掩映下的傣族风情小楼、陕北高原的黄土窑洞、青藏高原的康村碉楼和京津地区的青砖四合院……

因此，我下定决心，要拍摄记录散落在各民族村落中宝贵的文化遗产。拍摄之前，我拜访了中国现代雕塑的奠基人之一、中国美术馆原馆长刘开渠先生。

20世纪50年代，在北京，我父亲与刘开渠先生一同参加天安门人民英雄纪念碑浮雕创作时是邻居，同住一个四合院。

刘先生有四个女儿，没有男孩，因此他很喜欢我。那时我才三四岁，称他的女儿"姑姑"，称刘先生"爷爷"。每天他下班回来，我总屁颠屁颠地跑过去，抢着拿过他手里的包说道："爷爷，我帮你拎！"而刘爷爷每次回家，总要带些小点心给我。在我的心目中，他就是我的爷爷。遗憾的是，20世纪90年代，老人家去世，因为唁函未被准时送到我手上，我没赶上追悼会，没能与他老人家见上最后一面，这成了我终身的遗憾。

当刘爷爷听说我要拍摄中国各族的民居建筑时，他鼓励我："你现在能想到做这件事，很不容易啊！传统文化必定是一个民族的根，是基础。"

他还告诉我："现在做这件事，很多人会不理解，但要坚持下去，一定是很有意义的！"现在回想起来，老人家所预言的，正是我们努力的方向。

为此，刘爷爷特地送我一幅墨宝，上书："要知松高洁，待到雪化时。"

之后，我又去拜访父亲的老友雷奎元先生，他是中国现代工艺美术之父，原中央美术学院美术系系主任。老人那时已近80岁，极乐观、幽默，说话轻声轻气，也许是苏州、松江一带人说吴侬软语的缘故。

我叫雷奎元先生的夫人"雷奶奶"。雷奶奶是杭州人，听我描绘准备拍摄浙江民居时，老人笑眯了眼，说："哎呀，这部片子肯定好啰！听了你的介绍，我就想起，夏天在杭州洪春桥家里，乘着山上下来的习习凉风，吃着炒雪里蕻，那个味道啊！……下次来北京，记得带些杭州的雪里蕻来啊！"

雷爷爷细心地向我讲解了民居建筑砖雕与木雕的装饰特点，还讲述了少数民族服饰图案的对比特色。他说："拍这部片子的意义，远比拍故事片要大，记录非物质文化遗产是意义非凡的事。要知道，仅是少数民族的服饰图案，就够你研究一辈子了……"

我的父亲去世得早，但这些前辈就像是我父亲，不仅以他们的人格魅力感染我，而且告诉我如何用艺术的眼光去发现世界。他们都是我从事艺术创作的导师。

我们"梦寻家园"——大型电视纪录片《中国民居》的拍摄，就是从这里起步的。仅仅靠着胡理琛厅长从厅里宣传费中拨出的2万元，我们开始了拍摄工作。

我们赴北京采访著名建筑设计师叶如棠先生，他当时担任国家建设部副部长。我们没有预约，但他听说了我们的来意后，立即从百忙中抽时间接受采访，并鼓励我们说："你们这是为民族文化做了一件极其有意义的工作！"还没等我们开口，他就又笑着说："这么大规模的拍摄工作，应该是中央电视台干的，我知道这是需要很多经费的。我不能给你们经济上的帮助，但可以为你们的拍摄写封介绍信。"边说，他边朝我们意味深长地一笑："这封信可能要比赞助经费更有效哦！"

果然，凭着这封信，我们不仅得到了各地建设厅、局给予的经费上的援助，更重要的是，各地都把最为经典的传统村落及民居建筑介绍给我们，有的省份甚至派专家现场指导，与我们共同"梦寻家园"。

我们在永嘉楠溪江流域拍摄时，先在温州住下，到达时正好是晚餐时间。吃完饭我回房准备明天拍摄的案头工作，却发现组里其他人都不见了。天还在下着大雨，我很纳闷：他们去哪儿了呢？

直到凌晨4点左右，摄像白群一敲开我的房门，告诉我一个可怕的消息。他说："我昨天晚饭后去车上取行李时，发现车窗被砸开了，拍摄设备都被偷了。"

这可是个晴天霹雳。设备要几十万不说，关键是片子拍不成了。我当即决定报案。

温州市公安局非常重视，局长立即带领几十个警察赶来，冒雨在现场勘查。局长安慰我们："一定会破案的。"

我知道这场大雨完全破坏了现场，已毫无线索可言。事后，大家都说，局长离去后，我的脸色变得难看极了。听天由命吧！明天如果没有好消息，我只好向电视台汇报情况后就打道回府，听候组织处理。

我坐在招待所大堂，我要第一时间得到后续的消息。此时我已不是"度日如年"，而是"度分钟如年"啊。

早上大约9点多，公安局的小车来了，局长从车上下来。从他脸上的神情，我判断不出任何结果。这可能就是老公安的淡定。

我慢慢站起来，心情就像是听候审判一样。

1984 年拍摄台州石塘ˇ

局长走过来握住我的手说："真的很抱歉，耽误你们的拍摄了！"

我一听浑身凉透了……

局长这时朝车里挥挥手，一位警察抱着摄像机从车里出来。

局长说："请你们检查一下，是否就是这台机器，有没有损坏，因为我们是从地下挖出来的。"

摄像师老白激动得快要哭了。我看见他检查机器的手都在发抖。

我紧紧握住局长的手，也是要哭的样子。

这时，局长从一脸严肃中微微透出一丝笑容："机器没受损失就好！"

我真的非常佩服温州公安的破案能力。后来才知道，像我们这种失窃案，没有任何线索，要这么快破案几乎是不可能的。针对这起失窃案温州公安局连夜召开会议，甚至请到了已经退休的老刑警。他当晚到澡堂子里找到能在盗窃集团说上话的人，才得知摄像机已经被转移到永嘉附近的山里埋了起来。

警察们冒雨赶到永嘉，找到了被盗的摄像机。还好，机器埋入地下之前是用尼龙布包裹起来的。

这种奇遇，使得"梦寻家园"的队伍壮大起来了……

当我们从温州赶到浙江温岭石塘拍摄时，已是7月。为缩短拍摄时间、节约经费，我们常常在中午时分，冒着40摄氏度的高温工作。高温经常使摄像机"罢工"，要不停地用扇子给它降温才行。这种高强度的拍摄，使剧组接连有两人中暑倒下了。

当地的百姓见了十分好奇，问："你们这是在干什么啊，怎么不要命啊！"

我苦笑着说："这是把你们的生活记录下来，留给你们的子子孙孙看啊！"

就这一句话，使我们在当地的拍摄工作，成了口口相传的佳话。

有一位船老大，当晚就邀我们上船吃海鲜。他已经60多岁了，但仍十分壮实。握住他的手时，我感到他的手不但粗壮有力，而且布满老茧。他头发花白，被海风与阳光磨砺成黑紫色的皮肤在太阳下会闪光。他告诉我，他17岁就出海，与大海打了一辈子交道，也养就了爽朗、豁达的性格。

他准备了一桌子刚捕捞的海鲜。带鱼连着鱼鳞就直接下锅，那种"鲜"，没吃过的人是无法想象的。他还准备了几箱啤酒，以及当地产的高粱酒。我不会喝，但也干脆地脱了上衣大干起来……酒过三巡，船老大问："你们有什么困难没有？"

我借着酒劲回答："就缺钱！"

船老大一抹嘴说："多了我也没有，要休渔了，船整修还要花钱，就给你2万块怎么样！"

20世纪80年代的2万块，是当时我银行有过的最高储蓄额的10倍。惊讶之余我已热泪盈眶！

就是凭着这2万块钱，我们在拍完浙江民居之后，才有能力朝着西藏进发……

这是我第一次进藏，还带着5岁的女儿，因为我觉得拿出储蓄的几千块钱给她当盘缠，比买糖果、玩具更有价值。她跟着剧组已经跑了不少地方，被大家称作"副导演"。

那时进藏必须先到西藏自治区驻成都办事处办理进藏手续。我带了德国朋友同行，他是研究中国美术史的专家，我想，请他同去，可以让他从另外一个视角对西藏的古代壁画与雕塑，提出自己的看法，从而为拍摄提供一些建议。

那时，外国人一律禁止入藏，就连美国驻成都领事馆的例行公事也被取消了。

我只能先进藏，再为德国朋友办理进藏许可。在拉萨，我四处奔走，最后找到了自治区的毛如柏副书记。他也非常为难，但最后还是特别批准了。

可惜，等四川外办的工作人员拿着批文赶到宾馆时，那位德国朋友已等不及，登机离去了……

我们决定，先去海拔相对较低的山南地区拍摄。山南是西藏民族的发源地，那里有著名的雍布拉康古堡，它的存在，打破了国外学术界关于"中国没有独立式古堡"的观点。

我们还找到了朗色林庄园遗址。这座在西藏历史上具有重要政治与宗教地位的庄园，在申报国家重点文物保护单位后倒塌了。后来，自治区建设部门要了我们拍摄的影片与照片，准备将它们作为修复时重要的参考资料。

我们到了雅鲁藏布江对岸，老远就望见阳光下有一点耀眼的金光，那就是著名的桑耶寺。这座寺庙被称为"西藏的金顶"，它的屋顶全部被镀上真金，它的内部没有一根立柱，而是用 18 根斜插的木柱托住屋顶，是西藏建筑史上的一大奇迹。

我们几乎每到一处，都能看到西藏文化中与众不同的闪光点。

黄昏时，雅鲁藏布江的景色，用迷人来形容是远远不够的，它水天一色，震慑魂魄。落日的辉煌，与大片多变的金色云层相互辉映，或壮观，或令人遐想……会使你着魔，久久不愿离去！

那时的藏族同胞，在江上捕得的鱼，只卖 2 毛钱一斤，这可是野生冷水鱼啊！一听这价钱，我们吃惊得面面相觑，傻啦！当即用脸盆当锅，仅加入江水，稍放点盐花，点燃篝火煮了一大盆。鱼的肉质细腻，味道极鲜美，让我们大饱口福！

女儿年纪太小，入藏后一直不习惯这里的饮食，这天可算是大快朵颐，她闷声不响，一口气吃了好几条鱼。

启程回拉萨时已近深夜，天突然下起雪来。在颠簸中，大家正睡得迷迷糊糊时，汽车突然一个急刹。借着车灯光柱，我们见到窗外飘纷的雪花中，几位挎枪的军人拦在车前。他们上车后用十分严厉的口吻开始盘查。当明白这是电视台摄制组后，这才缓和了态度并告诉我们，有一辆满载武器的车辆从国外偷入境内了。

车继续往前开，但刚驶出 10 公里左右，就陷在坑里抛锚了。司机是位 20 岁左右的小伙子，捣鼓了半天车也出不来，他急哭了。我安慰他说："没关系，大家下车推。"

但车陷得太深，靠我们几个根本推不动。转动的车轮倒把泥浆溅了我们一身。

女儿惊恐地睁大眼睛看着我问："爸爸，怎么办？"

我知道，女儿很懂事，只有在极端害怕时，才会这么问我。说实话，这时我心里也开始打鼓。当时冷得要命，远处还有隐隐的狼嚎。司机说他去附近找人帮忙。我不放心，劝他还是等天亮再说。但他坚持说："等天亮还有好几个小时，太冷了，还有狼，不安全的！"

他走后过了一个多小时，只见雪花弥漫的夜幕中，出现了一群火光。原来司机跑了近8公里，到附近村里找来十几个藏族男人。他们带着撬杠与绳子，在车的轰鸣中，一下子就把车抬出来了。

还没等我答谢，他们就相互吆喝着，消失在飘雪的夜幕中。

我望着在雪夜中渐渐远去的那些光芒，久久站在雪中，任凭冰凉的雪花润泽我的脸庞，享受着雪水与泪水一起流淌在脸上的那种感觉……我想，他们一定就是我们"梦寻家园"中的亲人们。

女儿隔着窗，朝着远去的人群，用稚嫩的声音轻轻地说道："再见，叔叔……"

后续拍摄要去高海拔地区，为了安全，我把女儿托付给了拉萨电视台索娜台长，跟她的两个女儿做个伴。在西藏拍摄期间，索娜台长不仅像大姐姐一样关心我们，还给予了我们许多帮助。等我们从当雄回到拉萨时，女儿穿着一身蓝色的藏袍，扎着藏族小姑娘的辫子，脸上的两朵高原红就像两只红苹果。她飞奔着朝我跑过来，扑进我的怀里。

我简直都认不出来了，红扑扑的小脸长胖了，可见索娜大姐一家把她照顾得多好！我心里这才踏实。

5岁的女儿跟着我走南闯北，真是担惊受怕，但也见了世面。记得有一次，我们在贵州布依族滑石哨村寨拍摄。黄昏时，正准备收工，见到对面山半腰的村寨里炊烟袅袅，隐隐传来狗吠鸡鸣，层层叠叠的石头民居显得别有一番神韵。我临时决定去那村寨拍摄，把重的设备与行李都留在滑石哨，要女儿守着。

拉萨电视台索娜台长

本以为那村寨就在眼前，我们很快就能返回，谁知"看山跑死马"，一个来回花了4个多小时，天全黑了。寨子里又没通电，回到原地时四处一片漆黑。

见我们回来了，女儿从黑暗中冲出来，举着一根早已准备好的竹棍，边哭边喊着朝我奔来："打你，你不要我啦……呜呜呜！"她哭得好伤心。

我心一酸，抱着女儿，热泪盈眶："爸爸再也不离开你了！"

以后，这一路上，小家伙晚上跟我睡，一定要把腿搁在我身上才行，她怕我又离开她远去了。

后来，剧务悄悄告诉我："回程的路费不够了！"

索娜大姐听见后忙问："还缺多少？我这里有。"

当时办理德国朋友入藏的手续，就是索娜帮我找到自治区毛如柏副书记的，现在又要麻烦她，我实在过意不去。

索娜是个极其热心直爽的人，她说："怎么，还见外啊！"

这时，我想起了叶部长的信，就请索娜大姐带我们去建设厅试试。

自治区建设厅见到叶部长的信，便从财政开支中拨出经费，我们这才顺利回到杭州。

临别那晚，拉萨市四套班子领导，还有广电局的领导设宴欢送我们。在歌舞中，他们轮流给我们祝酒。剧组的人都不会喝，但又盛情难却，最后，只剩我带着女儿在应酬。原本我是不会喝的，但此时女儿却在身边一个劲地鼓动我："爸爸，喝，喝……"

后来我都记不得喝了几杯，送上来我就倒进肚子里……结果120急救车都来了。被抬上车时，我迷迷糊糊还听见有人说："再搬两箱啤酒上来，等萧导演醒了，我们再喝！"

他们的对话，使我眼眶一热，泪水差点落下来。我从他们的话中感受到对我真诚如兄弟般的爱。

也许"梦寻家园"是一种缘分。我们拍摄大昭寺时，是唯一进入的客人。陪同我们的是一位不到20岁的喇嘛，说一口流利的普通话，还会几国外语呢。

没想到10年后，我们拍摄《阿姐鼓》再次拜访大昭寺时，碰见的又是他。但这时，皱纹已悄悄爬上他眼角……

2007年，又是10年过去了，我在奥运会开闭幕式剧组工作，为搜集创作素材，差不多花了三天时间，跑遍了北京城。最后一天我到了长城，有一群喇嘛迎面而来，但摄影师好像视而不见。

我感到奇怪，问："怎么不拍啊！"

摄影师回答："昨天在天安门就见着他们了，不让拍！"

正说着，同去的奥运会开闭幕式中心执行副总导演崔巍，却笑吟吟地领着喇嘛们走了过来，说道："你看，巧不巧？过去10年了。当年我们在大昭寺，给我们讲解的就是这位大喇嘛，10年过去了，我一眼就认出他来……"这一说起，原来已是老熟人了！我真佩服崔巍的眼力，我是一点都认不出来。

喇嘛们高高兴兴地让摄影师拍了照片，并约定下次在大昭寺再见。

这跨越20年的奇遇，难道不是缘分吗！如果我们到达长城的时间再晚一些，或再早一些，也就与他擦肩而过了。

记录"梦寻家园"所经历的这些故事，使我想起了佛罗伦萨的圣母百花大教堂中，伟大雕塑家吉贝尔蒂的杰作《天堂之门》。如果说联结《天堂之门》的10个故事最深处的力量，是一种宗教信仰，那么，联结"梦寻家园""深处"那些故事的力量，则是对艺术追求的神圣信仰。

法国雕塑家罗丹曾说过：

你们，雕刻家，锻炼你们的感觉，往深处去。一般人不容易体会到这个"深处"的意义。他们只会用平面来明晰地表现自己。要从深厚方面去想象形式，于他们太难了。可是你们的苦功就在这里……艺术是需要果断的。能把线条推向远处的时光，你才沉浸入空间，抓到了"深"的感觉。

在我们拍摄过程中，不同的人物、不同的事件给我们的感动，对我们的教育，使我们对"深"的感觉逐渐清晰。

我们在"山鬼之家"湘西拍摄时，正好赶上大过年，晚上就在一个小镇吃了年夜饭，遇见了一位在20世纪50年代初期湘西

湘西除夕夜

在湘西土家族老乡家

剿匪时负伤留在当地的军人，70多岁了，山东人。晚饭后，他带着鞭炮和焰火赶到我们的住地，领着我女儿在院里放鞭炮，女儿玩得可高兴呢！她拿了个"二踢脚"过来："爸爸，你也放一个！"

年初一清晨，招待所厨师都回家过年了，不开伙了。我们只能赶到不远处的一家小摊吃早餐，其实就是八毛钱一碗的面条。

刚到街上，就看见远处一行出殡的队伍，从晨雾中吹打着迎面过来，我觉得有些不吉利。但到了小摊坐下，跟老板娘说起刚才的遇见，她却撂下手中的活儿，撒腿就朝出殡的队伍跑去……

我们一下子都愣了，这老板娘把铺子扔给我们，去"奔丧"了……

许久，她高高兴兴地回来，说："年初一见到出殡往往能见到'赶尸'，那是福气。"说着，还给我们每人发一个红包，里面有两块钱。

她的一碗面才八毛，却给我们两块。湘西人的淳朴是我这个春节最大的收获。

老板娘兴致勃勃地告诉我们，"赶尸"的人身上穿一件青布长衫，腰间系一黑色腰带，头上戴一顶青布帽，手执铜锣。披着黑色尸布的尸体前，还有一个活人，就是"赶尸匠"，

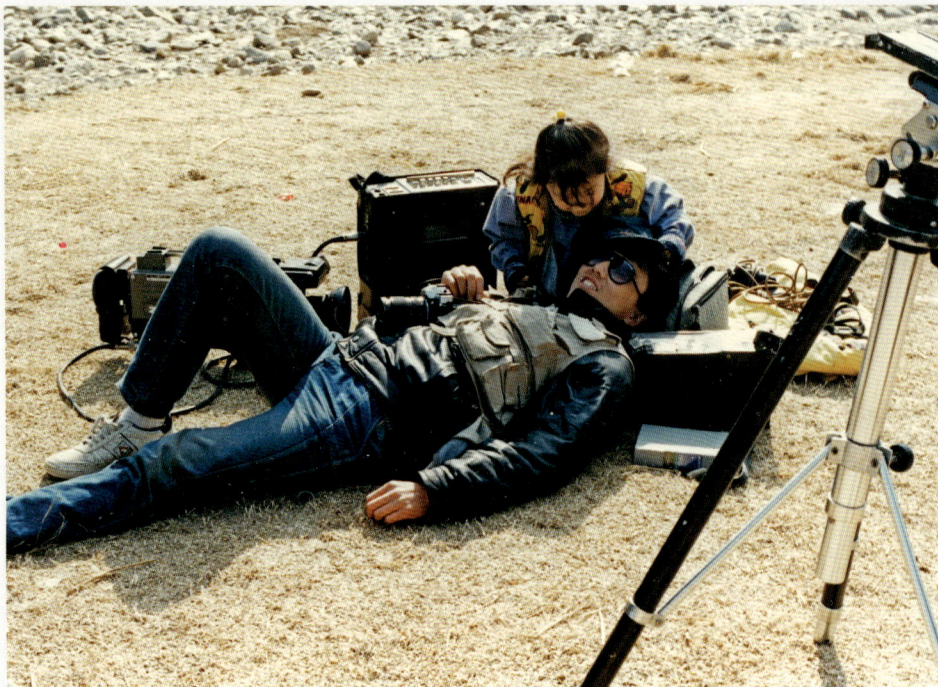

1992 年在湘西拍摄《中国民居》

不管什么天气，赶尸匠都穿一双草鞋。

我知道，作为苗族的一种民俗，"赶尸"与"蛊毒""落花洞女"一起，被称为"湘西三邪"。研究赶尸，对于了解苗族的历史文化、民族文化、宗教文化和民俗文化，具有相当价值。

我想起著名作家沈从文先生在他的一篇文章里曾写道：

经过辰州（今沅陵），那地方出辰砂，且有人会赶尸。若眼福好，必有机会看到一群死尸在公路上行走，汽车近身时，还知道避让在路旁，完全同活人一样。

我后悔没有仔细观察出殡的队伍……

老板娘还告诉我们，那位当年剿匪负伤留在此地的老人，原来有个女儿，后来得病了，因为这里医疗条件差，最后死了。我这才想起昨晚，他老人家陪我女儿放鞭炮那一刻，脸上泛起的是幸福的微笑……

去年，我到浙江医院例行体检，见到一位皮肤黝黑，眼睛黑得闪亮、散发着光彩的小护士，

1994 年在泸沽湖拍摄《中国最后的母系部落》

我一眼就认出她是摩梭姑娘。那姑娘吃惊地把眼睛睁得大大地望着我……

　　我告诉她，20 多年前我见到的泸沽湖，是那么的纯净、朴实。当时，我们从丽江出发，在山路上颠簸了四五个小时，快到泸沽湖时还下起雪来。车在雪地里直打滑，车身都横了过来……大家只能下车推车前行。谁料，仅仅拐了一个弯，就见到远处山下阳光明媚，隐约传来摩梭姑娘清脆的嗓音……一派世外桃源的景象。

　　小护士有些难为情地轻声说：现在那里都商业化了。

　　当时，我们这几个男人，还带着一个孩子，在外快半年没剪头发，胡子拉碴的，衣服也很是邋遢。这队人马的模样足以引起别人怀疑，以至于当地政府甚至打电话到电视台确认我们的身份。

　　当知道我们来此拍摄，是为了介绍摩梭族这个最后的母系部落时，县里的政协主席，一位曾经为红军带过路的老人，亲自把我们送到泸沽湖畔的落水村，并介绍这个民族的历史。

　　泸沽湖中的独木舟旁，许多水鸟悠闲地在水中散步。这是一个以鸟为图腾的民族。

　　我们这群年轻小伙子来了的事，传遍了这个偏僻的村落。晚上，村里的年轻人点着松明

1994 年在瑞丽的夜市

子火把，自发地聚集起来与我们联欢。他们个个都有中央民族歌舞团演员的嗓音，歌声不但优美，还充满了对家乡与自己民族的一片深情。

在松明子火把闪动的光芒中，摩梭姑娘与小伙子唱一支歌，我们剧组也必须来一首。文学编辑刘钧翰跳起一段"迪斯科"，惹起姑娘们一阵惊呼；摄像黎江唱了一首通俗歌曲《你知道我在等你吗》，引起这些长期与外界隔阂的年轻人一阵窃窃私语。在这感人的自发联欢会上，连剧务主任王小松都唱了一段越剧……大家起哄要我也唱一首，我红着脸憋了半天，感到为难了……这时女儿一个劲儿推我："爸爸唱一首吧！"

但我实在感到为难，最后还是临阵脱逃，婉言谢绝了。

谁知这下惹恼了女儿。小家伙用拳头，在我背上狠狠地拍打，哭了……

这是我欠女儿的一首歌，后悔至今。我想等女儿结婚那天，我一定要补上的。

我们从最北面的中甸，一直朝南，经大理、保山、德宏、临沧、普洱，到达西双版纳。气候也如同从冬天到了夏天，才 4 月，这里气温已经有 30 多摄氏度了。

1994 年在中缅边界

　　在临沧拍摄时，我们遇见了两位日本学者，他们研究中国的岩画。那位老教授已经满头白发，蓄着的胡子也都白了。他的女助手，看起来还是一位大学生，矮矮的个子，很清秀，更像是爷孙俩。他们在当地雇了一辆手扶拖拉机，每天要在土路上颠簸 1 个多小时到达现场，并且在那儿工作 12 个小时左右，晚上，拖拉机再载他们回去。就这样，他们已经工作了 3 个多月。

　　我问他们什么时候结束。那位老人很自信地告诉我，年底一定可以完成的。

　　我一算日子还要半年，心想：看来这位已七八十岁的老人，在艺术面前根本没有考虑生命的时间。看来"生命与艺术"，还是个世界性的主题，仍然还在"梦寻家园"中继续深入……

　　到达瑞丽，天已黑了。但这里夜市非常热闹，市场的摊主中，还有缅甸人、印度人、尼泊尔人。最热闹的是赌石的地方，许多来自外省的商人，总想在这里赌一把，碰碰运气。

　　第二天白天，我们被告知不用护照也可以去缅甸看看，当地人经常这样出入的。

　　进入缅甸不久，我们经过一个岗楼时，被几个政府军的军人拦住，要我们出示护照。

　　这一下可把我们吓傻了，女儿拉住我的衣角惊恐地问："爸爸，怎么办！"

其中一位年轻的军人，用枪指了指前方，意思是要带我们走。结果，我和剧务主任王小松跟他去了兵营，其他人都留在岗楼里。

我安慰女儿："别怕，爸爸去去就来！"

兵营离得不远，士兵带我们进入营房。在一间屋里，床上躺着一位看似长官的男人，40岁左右。床头柜上放着手枪，与电影里见过的画面一模一样。

士兵对他敬礼，并叽叽呱呱说了一通。长官慢慢起身，满脸严肃地打量我们一番，又招呼来一位懂汉语的军人帮着翻译，说："你们侵犯了我国主权，犯了很严重的罪行，需要受到惩罚！"

我心想，坏了！闹出外交风波了！于是，我小声试探着问："怎么惩罚啊？"

长官思忖片刻道："罚款！"

我赶紧问剧务主任身上带了多少钱。他着急地说："只有一千多。"

我问长官："要罚多少？"

长官问："你们几个人？"

王小松说："连一个孩子，一共7个。"

那位长官来回走了两步，抬头看我一眼说："要人民币的……每人5元。"

我简直不敢相信自己的耳朵，急忙让剧务拿出一张100元塞给他。

那位老兄脸上顿时露出笑意，说："开张路条，你们去玩玩，不过晚上一定要回中国去。"

我们再三表示感谢，快步返回岗楼，老远就看见女儿站在那里朝前方顾盼。望见我们，小家伙飞奔过来，兴奋地喊着："爸爸回来啦！"

大家这时真是喜出望外，转身见到路边有一卖饮料的小摊，卖的都是鲜榨的果汁。我大方地请剧务给每人买了一大杯。大伙都大口地喝着，心情特别爽。

卖水果饮料的那位小贩，看我们喝得正欢，用生硬的汉语说："每杯200元。"

我一听差点喷出来："罚款才每人5元，你要200元，敲竹杠啊！"

小贩笑了："是缅币！"

我们这才松口气，接着大口喝……这算是我喝过的最爽口的冰镇果汁了。

我们在云南拍摄，用的是云南省建设厅派的车。司机王师傅是地道云南人，才30多岁，跟着我们历程4000多公里，走过了纳西族、白族、彝族、阿昌族、景颇族、基诺族、傣族等十几个少数民族村寨，一路上吃了不少苦。拍摄结束后，他邀请我们一定去他家

1994 年 3 月在云南拍摄，与司机王师傅合影

聚聚。

那天一进他家门，就见到他夫人早已做好的满满一桌子菜。面对着王师傅一家的热情，我眼圈一热……

其实，他完全没有必要为我们没日没夜驾车，还经常担惊受怕。即使在最困难时，面对崎岖的山路、雪山险滩……他也从没埋怨过。他常常一个人连续开车十一二个小时，反倒还对我们怀有歉意，总是向我们道歉。

我想，如果他内心深处认为我们此行毫无意义，完全可以随便找一个借口，打道回府。可他却没有，他一定是在此行中，感到了自己的一种责任。

在我们的艺术创作中，常常有许多如此不计名利的品格高尚的同行者。与我一起进行这次西南之行的同伴们，黎江、孟毅、王小松、刘钧汉等，也都是我值得尊敬的创作伙伴。

当然，还有我五岁的女儿。在这漫长的拍摄过程中，她出乎意料地懂事，不但没有增添麻烦，

1994 年摄制组在玉龙雪山下

还总给我们带来欢乐。

　　她长大了，回忆往事时，总说，要感谢童年时那些难忘的岁月！

　　孩子从小经历坎坷是有意义的，这必将成为她人生中一笔宝贵的财富。

　　我们赶往云南楚雄拍摄的那天，天下着细雨，特别阴沉，一阵阵冷风从车窗前掠过。车在泥泞的路上颠簸了 5 个多小时，大家又冷又饿。

　　途经一座人迹罕见的山时，我们见到一对彝族父子坐在不远的山坡上。孩子估摸着才四五岁，父亲是一位看上去 40 多岁的彝族汉子，缠着黑色头巾，披着黑色的牛毛斗篷，黝黑的脸上，布满刀刻般的皱纹，但他眼睛却出奇的明亮，就像两颗黑亮的宝石。

　　父子俩正拢着一堆火，把刚从地里挖出来的土豆煨在火里。孩子穿一件破旧的棉袄，手里剥着煨熟的土豆，津津有味地把土豆放进嘴里嚼着……

　　那位彝族汉子见我们的车停下来，便起身警惕地看着我们。

　　我女儿可能饿了，拿出自己的香蕉，想与那位彝族孩子交换土豆。

　　但那孩子没有收下香蕉，却仍然捧了一堆土豆走下山坡送来。

　　这时，他父亲严峻的脸上也泛起了微笑，露出一排洁白、结实的牙齿。就那一点点的白色，却在阴沉的天气中格外显眼。

　　虽然那些土豆都是半熟的，难吃，但却使我们在寒冷中感受到一阵温暖……

　　这么多年过去了，那父子俩的形象，一直在我脑中挥之不去！十几年后的一天，我参加

在云南楚雄彝族老乡家

一场音乐会，欣赏拉赫玛尼诺夫的《帕格尼尼主题狂想曲》。当演奏到第十八个变奏时，在纯朴优美的旋律中，我眼前竟然浮现出那对彝族父子的形象。好像音乐的旋律启动了埋藏在心中的温暖与美好。在瞬间的梦幻中，我还见到当时乘坐的那辆车，随着旋律的节奏，颠簸着左右晃动，渐渐消失在露出一丝霞光的天际……

欣赏音乐时所经历的这个联想过程，正像宗白华先生所谈的中国画中的"禅意"——因为艺术意境不是单层平面的、自然的再现，而是一个境界层深的创构。从直观感相的模写，活跃生命的传达，到最高灵境的启示，可以有三个层次。

其实，无论是杜塞尔多夫湿地公园中的大地艺术（见《杜塞尔多夫与扎达》一章），还是中国绘画的意境，都能够拨动人们灵魂深处的心弦，都具备这三个层次的递进。这些不朽的艺术作品，为什么能成为人类共同的文化遗产？因为它们在不同的时代引发了不同国家与民族的人们埋藏在心灵深处的那些美好的记忆，激活了人们内心中一切诚实与善良……这也是衡量一部作品的标准。

中国古代的艺术家，他们首先注重的是作品与人的思想、心灵的对话。1997年，一次偶然的机会，我在西藏日喀则甲措雄乡的夏鲁寺做短暂的停留。天气也是阴天，有风，云层很低，不时有大块乌云飞过。

寺庙却出奇的平静，然而一进寺，顿时，眼前一片灿烂。这些深藏在如此偏僻庙宇中的壁画，无论造型、色彩、构图都具有极高的艺术与历史价值，可以说是西藏元代壁画的典范。它的风格具有藏、汉、尼泊尔文化的特征。其中，中国画的三个层次从直观感相的模写，活跃生命的传达，到最高灵境的启示，在壁画中有非常完美的呈现。在这独特的环境中，我感到壁画中的一双双眼睛在看着我……这些元代壁画中的人物，气质高雅、端庄，好似浑身微微散发着体温……她们使我联想到了卢浮宫中的《蒙娜丽莎》。

夏鲁寺中这些古代绘画精品，具有如此之高的艺术成就，完全可以与西方绘画的最高成就媲美。遗憾的是，这些绘画被局限在佛经的内容中，看不到社会发展的痕迹。但可以肯定的是，这些绘画作品的作者都是达·芬奇的前辈。我被创作这些壁画的古代艺术家们的造诣感动得五体投地。

这种古代艺术给我强烈的冲击，自然会使我把这种感受融入艺术创作中。

2006年在为首届世界佛教论坛开幕式创作的舞台剧《和平颂》的舞美设计中，我就要求，剧中《唐卡》与《禅歌》两场舞美的设计，选择以夏鲁寺的壁画作为创作参考。演出时的画外音，我是这么写的：佛教禅宗认为大自然即佛身，禅宗艺术把自然山水当作佛理显现。这表现了佛理与艺术的美学转换，这种佛理禅趣是借用艺术化的表达方式来展现的。

其实这就是中国绘画的思想。宗白华先生比较中西绘画特点后说：

中西线画之关照物象与表现物象的方式、技法，有着历史上传统的差别：西画线条是显露着凹凸，体贴轮廓以把握坚固的实体感觉；中国画则以飘洒流畅的线纹，笔畅墨饱，自由组织（仿佛音乐的制曲），暗示物象的骨骼、气势与动向。

——《论素描》1935年3月

我细观夏鲁寺壁画，虽然其技法、线条也如西画般显露着凹凸，却又以潇洒流畅的线条，大面积单一的色彩，震摄观者的灵魂。中西绘画技法在这里完美地合璧，正是夏鲁寺壁画的重要特点。

虽然这些壁画是静物，却与山坡上的那对彝族父子的形象一样生动感人，见过了，就一直在灵魂中挥之不去。

首届世界佛教论坛开幕式演出剧目《和平颂》

《和平颂》剧组赴尼泊尔蓝毗尼瞻仰世界文化遗产

　　选择夏鲁寺壁画形象中"五佛"中的"中智佛""西方佛"与"东方佛"作为这台剧的舞美设计参考，从而产生了舞台画面外第二层次的审美意义。这些人物已不仅是佛教中的神佛，经过创作加工，他们所代表的是一个民族的传统文化特点和历史的辉煌，其审美意义远远超出了佛教中这几座佛像的宗教意义范畴。可见，舞台人物必须要具有文化意义，才能显示出艺术的魅力。

　　我们走出夏鲁寺时，虽然天空还是阴霾密布，但我觉得眼前是一片光明，导致浑身无力的高原反应似乎也消失了。我们满怀希望，继续朝珠穆朗玛峰前进。

《阿姐鼓》原本是在民间流传的一个古老的故事：妹妹跟着藏羚羊去寻找从未谋面的姐姐。有一位老人告诉她，听见有鼓声响起的地方，就是姐姐在召唤你，因为姐姐已被奴隶主制成了一面人皮鼓……

何训田先生创作的歌曲《阿姐鼓》，不知是否源自这个古老的传说，但这组歌曲在国内外产生了较大的影响，也深受藏族同胞喜爱。

朋友张坚把这组歌曲介绍给我，那是由朱哲琴演唱的《阿姐鼓》版本，将通俗唱法结合了藏族民歌的腔调，演唱得非常感人，有很生动的形象感。歌声使我眼前出现了辽阔的青藏高原，蓝天白云与蓝宝石般的湖水……感动之余，我决定根据这组歌曲拍摄电影艺术片，并邀舞蹈导演崔巍同行，鼓动她合作创作一部舞剧。巧的是，她的朋友也向她介绍了这部音乐，于是我们一拍即合。

谁知，这次赴藏拍摄与采风，却使我们经历了一次生与死的考验。我与拉萨的朋友们，包括西藏电视台导演德巧、西藏著名作家扎西等一行十几个人同行。拉萨市委宣传部提供了两辆越野车和一辆给养卡车。于是，我们开始了这趟行程 4000 多公里的"探险之旅"。

20 多年前，去珠峰与阿里等高海拔地区的条件极其险恶，就连与我们同去的藏族同胞也从未走完过此程。

这部片子的主角朱哲琴前期已来到了拉萨，但她参加了哲蚌寺的晒佛仪式后，还没等开拍，

1989 年 7 月摄制组在拉萨河边与德巧合影

就因急事匆匆赶回上海了。我们只好临时请西藏歌舞团的格珍担任主角。

在拉萨拍完夜景，已经黎明了。剧组的摄影师高原反应强烈，组里又抽不出人照顾他，只能让他只身赶回杭州。至今回想，我都觉得对他充满歉意。

为赶时间，等天一亮我们就立即出发，拍摄的第一站是珠峰。途经日喀则，格珍盛情邀请大家去她家做客。那是典型的藏式人家，格珍父亲身材高大，眉宇间透出一股藏族男子惯有的坚毅与热情。

格珍虽然是跟剧组途经家里，但在逗留的短短两个小时中，她里里外外忙碌着，一看就知道是个孝顺与温柔的女孩。后来在珠峰拍摄时，她的戏需要在海拔 5000 多米处奔跑，拍摄了第一遍后，我不忍心再让她跑第二遍了。

格珍却问我：“导演，满意吗？我还可以跑的……”

她这一句话，就把我弄得热泪盈眶。

夜晚，我们就住在珠峰大本营附近的绒布寺招待所。绒布寺可能是世界上海拔最高的寺庙。说是招待所，其实就是用木板搭成的大通铺，除了在木板上铺了些不知名的干草外，什么也没有，还好我们都带了睡袋。要命的是，高原反应使大家一点睡意都没有，大家都眼睛睁得

1992 年 8 月 "雪顿节" 拍摄哲蚌寺晒佛

大大的，只有我睡得很香，还打呼噜。组里的摄像因高原病回内地了，只能由我亲自扛机拍摄。当时碰到登山队的摄像师，他带着轻型摄影机，笑我："萧导演，你太牛了，这么重的机器你都扛上来了……"我们没有经验，带的摄影机足有二十斤重。扛了一天的摄影机，又缺氧，那晚，我与其说是睡着了，还不如说是昏过去了……

第二天黎明时，我醒了，而这时候，其他人都躺着没有一点动静。我悄悄出门抬头仰望，天空中仍布满密密麻麻、似乎随手可摘的大小星星，月亮也高悬在深蓝色的天幕上……可是，令我心灵颤抖的是从云雾中露出雄姿的珠峰之巅；被藏在地平线下的太阳，把一点辉煌的金色点缀在了山巅。

这罕见的景象，壮美之极！我像疯了一样，来回跑着，喊叫他们："快起来啊！看珠峰！珠峰！"那一刻，头疼、呼吸困难、胸闷统统感觉不到了。那种奇观不但使人震撼，还使人突然意识到在这宇宙天穹下，原来自己是那么的渺小，生命竟是如此脆弱。在海拔近 9000 米的珠峰下，我们向生命极限挑战，如此艰辛、冒险，却是为了艺术，值吗？我在心里，好像突然给自己提出一个"艺术与生命"的命题。

可喜的是，我们在这趟珠峰的艰难之行中，非常意外地找到了喜马拉雅山脉的远古海洋

1992 年 8 月在珠峰下拍摄电视艺术片《阿姐鼓》

生物化石。

从珠峰下来，我们路过一家路边小店，里面只有两张桌子招待客人。有几个当地的孩子，围着我们上下打量着……忽然间，我见到一个孩子手里握着一块类似化石的东西，这使我浑身一震，忙要过来一看。没错，是海洋生物化石！我急忙问他："还有没有？"这一问也不知他听懂没有，反正是把他吓得一溜烟跑了。

正在我失望时，孩子带着他父亲进屋来，提着一个小布袋子。我一看，布袋里装满了海洋生物化石。结果，我只用了 20 块钱就都买了下来。

我问："这是在哪里发现的？"

孩子父亲毫不在意地指了指远处的喜马拉雅山脉……

离开珠峰，我们开始从北线进入阿里无人区。渺无人烟，但那一望无际的辽阔草原，给人太多的想象……远处有奔跑的藏羚羊、野驴，竟然还出现了几只毛色油亮的大"狗"，跟着我们的车追赶着。

我说："怎么有狗啊？有狗一定有人住在附近啰！"

德巧笑了："这哪里是狗，是狼啊！"

可我从没见过这么漂亮的狼，一身浅黄色皮毛看上去非常干净、柔软。它们不怕我们，好像还面带微笑看着我们呢！

晚上，我们只能在无人区宿营。从给养卡车上拿下帐篷，大家忙着扎营。谁料，刚一会儿，还没等点燃篝火，草原上就突然刮起狂风，差一点把帐篷都刮飞了。大家死死抓住绳子，才把帐篷拉住。

这一晚，我们只好分散睡在车里。

半夜，车外的地上，那些空罐头发出声响。我起身借着月光一看，天啊！狼群已经围住了我们的车，时不时地瞪着发绿光的眼睛看着我们。我倒不觉得这些狼面目狰狞，它们看上去有些像一群淘气的孩子们。

后半夜，风停了，大家也没了睡意，等天一亮，啃了几口方便面准备出发。

这时，崔巍高原反应非常强烈了，任何食物吃下去都被呕吐出来。随行的医生诊断后强烈建议她返回拉萨。

睡在给养卡车车厢最里面的藏族小伙子也呼吸困难，嘴唇发紫，脸色极难看，因为越靠近车厢里面，氧气就越少。

我决定派出一辆越野车将病人送回拉萨，其余人继续朝狮泉河进发。

崔巍已经严重脱水，但她虚弱而坚定地说："已经到此，我绝不回去。"

我把医生拉到一边问："情况可以坚持吗？"

医生说："有风险，如要坚持走下去，要输液，还要细心观察。"

这时，我心想，世界上可能很少有艺术家会如此严峻地考虑"艺术与生命"这样的命题，而我确实面临了。

我和医生商量："再观察一天，看情况再决定吧！"

医生说："也好，再走一天离狮泉河就近了，那里医疗条件还是可以的。"

在海拔四五千米的高度活动，还要拍摄，身体要承受极大的挑战。哪怕为选择好的机位，多走几步，都极其艰难。

车队又连续行走了3个小时，突然，司机说："太累了，停车歇息会吧。"说完，他就推开车门，人像被弹簧弹射出去似的，倒头躺在地上深呼吸起来。

我偷偷一看表，海拔5400米。这可不是累了，是高海拔使人承受不了了。此地绝不宜久留，我没敢告诉大家地处的海拔高度，怕引起精神紧张，只能"残忍"地催促大家继续前进。

那一晚，连医生都受不了，倒下睡去了。我只好整夜守在崔巍边上，观察她的身体状况，为她输液。这一晚使我终身难忘，不是因为缺氧与疲惫，而是因为我要承担的责任太大了。

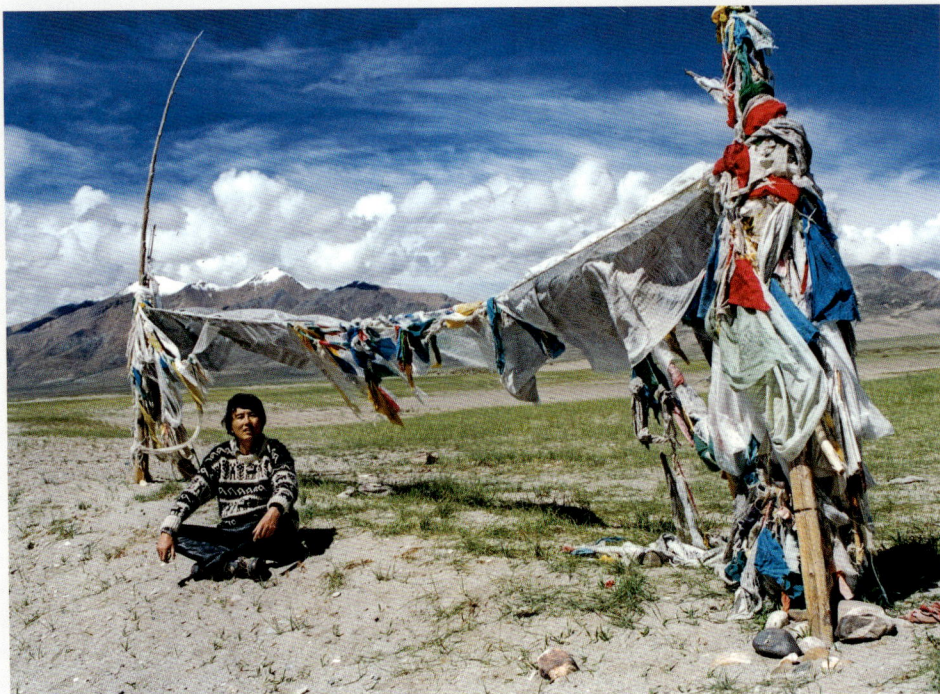
1992 年 8 月在西藏阿里无人区

还好在第二天的路程中，海拔开始降了。我们在茫茫无际的草原上，发现了一缕炊烟。不一会儿，一顶黑色的帐篷从地平线上露了出来。好几天没见人烟了，这突然的发现，让我们感到一阵惊喜。

帐篷里住着一对年轻的藏族夫妇，他们有两个孩子，小的可能还没满周岁，被母亲抱在怀里。奇怪的是，他们居住在条件如此恶劣的环境中，表情却是那么淡定、安详。男主人估计不到 30 岁，很英俊。他妻子是典型昌都一带妇女的形象，闪亮的眼睛，总是含着笑意。漆黑的头发与额上，装饰着绿松石和红玛瑙。帐篷里只有那口铝锅能显示出时代的特征，除此，就很难判断他们生活的年代了。

女主人为我们泡了奶茶。我们送上罐头回礼。谁知男主人拿出一袋子"钱"，里面有多个国家的货币。看来我们是踏上了一条"朝圣"之路，有不同国家的"朝圣者"曾光顾过这里。我们比画着告诉他，这些罐头是送给孩子的。女主人还拿出她织的羊毛袋子送给我们。

他们说的语言，连同去的藏族同胞都很难听懂。德巧说："他们的语言可能是原来古格一带的方言。"

在这茫茫草原上的一座牦牛毛织成的帐篷里，我们有了一种到家的感觉。似乎那对夫妇

《阿姐鼓》剧照

与我们已相识很久很久，那是一个温馨的家……

我们已走得很远了，崔巍仍朝远处瞭望，用虚弱的声音说："你们看，他们怎么还在望着我们呢！"说完，忍不住轻声抽泣起来…….

我回转身，见到远处女主人伫立在帐篷外。身边的孩子扯着母亲的长袍。她长袍的另一边被风掀起，怀里仍抱着婴儿在目送我们，久久地挥动着手臂……虽然已经离得很远了，但我好像仍旧能够看清她脸上灿烂的笑容。

我猜，崔巍留下眼泪不仅是因为在荒无人烟的草原上遇见了那对夫妇和孩子吧。她为他们生命的倔强而感动，她肯定还会想得更多，因为，她也是在用生命与艺术，进行了一次深入的对话！

我们所经历的艰难、困苦，使我深深感受到了，其实深广无穷的宇宙是在亲近我、扶持我；纯洁无邪的人性在感化我、温暖我。其实，不用刻意地去寻找艺术创作的源泉，只要有真诚的心灵与发现美的眼光就足够了……

2001年，舞蹈诗剧《阿姐鼓》首演成功，引起轰动，被当时的中国舞协主席贾作光先生称作藏族舞蹈的一个新里程碑。同年，在西藏自治区文艺工作者大会上，时任自治区书记旦

1998 年 12 月 2 日荣获第七届亚洲（日本）电视节评委会特别奖

增说："为什么我们藏族题材的作品，却由汉族文艺工作者创作得那样成功呢！"

　　这恐怕就是"生命与艺术"对话的最好答案之一。此外，电视艺术片《阿姐鼓》获得了广电总局颁发的电视文艺"星光奖"，并在日本获得了第七届亚洲(日本)电视节评委会特别奖。大会给获奖者 5 分钟发表获奖感言，而我在会上却滔滔不绝地讲述了 15 分钟。

　　会后，刚走出剧院，见到一位日本中年妇女在等我。她对我深深地鞠躬，告诉我片子里藏族妇女那种热爱生活、对信仰真诚与执着的态度深深感动了她。尤其是片子中那一位满脸皱纹带着灿烂微笑的老奶奶，艰辛与坎坷，仍然不能阻止她对新生活的向往。那位日本妇女说，她过着非常富足而悠闲的生活，但是总是没有幸福感。今天她在这里等我见面，就是要告诉我，这部片子让她找到了如何在生活中寻得幸福的方法。她感谢我，要我在入场券上签名。我写了一句：幸福在等待着你！当翻译告诉她时，那位日本妇女的脸上，顿时也露出了灿烂的微笑……

　　我在珠峰下给自己提出的"艺术与生命"的命题，此时，可以有一个比较好的结论了，于是，我暗暗地笑着对自己说：值了！

　　2005 年，我到德国杜塞尔多夫的湿地公园参观，在占地 6 平方千米的湿地中，只住了一户人家，是一位著名的雕塑家，正是他设计及打造了这座湿地公园。

　　但我在公园内却见不到任何人为装饰的痕迹。水面周围是灌木与长藤，藤上挂下长长的枝蔓，随着微风而起伏，轻轻地在水面点起阵阵涟漪；一段长满青苔的巨大树干静静地躺在水里，像是在告诉人们，它是这片湿地历史的见证者。有几只小鸟停在那粗大树干上蹦蹦跳跳地觅食。两只雪白的天鹅自由自在地、静静地在水面游弋……

　　我对同行的德国朋友说：大自然真是能工巧匠，竟把这里打造得如此令人陶醉。

　　德国朋友狡黠地朝我一笑：看不出吧，这些都是人工设计的……

　　这大地艺术的设计理念，的确能够启发创作灵感。后来，我在舞台剧《和平颂》的舞美设计中，特地要求从浙江竹乡安吉挖来 2000 多棵翠竹布满舞台，让两道潺潺流水从长满竹子的山坡上泻下，流入荷花池中。池里有荷花摇曳，水中有金鱼游荡……舞台上是一派天人合一的江南春色。

　　住在杜塞尔多夫湿地中的那位雕塑家，是个中年人。在他住的房子边上有座小木屋，里面就是他的工作室，那里摆满了各种工具。他的雕塑作品有人像，也有抽象的各种造型装置，

2007 年 5 月 30 日《和平颂》在香港红磡体育馆演出合影

但都被巧妙地放置在草地或树林中。雕塑的体量、结构与线条，与大自然浑然一体，结合得如此天衣无缝。

这使我想起西藏扎达县的土林。夕阳中鲜红的土林自有一番奇特的景象，不仅十分壮观，而且经过几千年风雨的冲刷，那大片参差的土林群形成了各种非常美丽的皱褶，真的是出自大自然之手的一件杰出的大地艺术作品，那上面不规则的凹凸形成的阴影，就像是地球生命的足迹。

我阅读过马丽华的著作《走过西藏》。她在书里说：

在西藏生活了十几年，最大的收获是找到了喜马拉雅山的海洋生物化石，还有从魏晋佛教传入中国开始，直到明清时期，不同时代的脱模泥塑。这种古代雕塑的创作形式，是那些对佛教顶礼膜拜的信徒们，把脱模泥塑朝拜后，安放在佛塔，才算完成了最后的凤愿。他们相信只有在大自然的穹顶之下，那些泥塑的生命才能复活显灵。

1992 年 8 月在古格遗址

　　在扎达，我们参观了古格王朝遗址，那些残缺的古堡像一群永垂不朽的武士，守护在那神圣的土地上。

　　遗址是文物保护单位，要有自治区文化厅的介绍信才能进入。但这里距离文化厅所在地拉萨，有 1000 多公里。无奈，我们只好请同行的藏族朋友拉着管门人到小屋喝酒去，我们这才有机会溜了进去。

　　那座遗址，仿佛有一种神奇的力量，能使人感到瞬间到了另一个时空。那些精美的壁画与塑像，会使你眼前出现古代象雄国寺庙林立、商贾成群的繁荣景象。须臾，又仿佛见到这里金戈铁马，战火硝烟弥漫，使古象雄国变成一片焦土，成为西藏悠久历史中伤痛的记忆……

　　我们到达驻地，那是普兰的一个兵站，大家已经很疲惫了。可我总是念念不忘马丽华的书中她描写发现脱模泥塑的神奇地方，似乎离我们驻地不远。

　　怕大家笑话，我只悄悄约了两位剧组的同伴，顺手拿了一个大袋子准备出发碰碰运气。

　　同伴笑我："你真以为是去淘宝啊！"

我尴尬地一笑，只好放下袋子。我们顺着马丽华在书中描写的路线，沿着兵站后孔雀河的支流一路向西。孔雀河倒是与书上描绘的一样，仍旧蜿蜒地静静流淌着，我们走出很远了，才找到书中描绘的那座山。

天哪，这么高啊！已经在海拔4000多米了，还要上山，实在吃不消了啊！在高海拔地区，每走一步，体力上都要付出高昂的代价。

这时候，迎面走来两位藏族儿童，大约七八岁，我记得其中一位叫"强巴"，他们站住直瞪瞪地打量我们。因为当时这里几乎没有外来游客，孩子们当然会对我们怀有好奇心。

我微笑着蹲下问他俩："这里有'擦擦'（藏语对佛教脱模泥塑的专称）吗？"

孩子不会汉语，开始很疑惑，但听见我说"擦擦"，就明白我们的意思了，连声说"有、有"，并指向半山腰的一座佛塔。

望着山上的佛塔，同去的伙伴们开始打退堂鼓了：这么高，还不知道有没有！

看我们望着半山腰发呆，那两个孩子就像两只小猴子，飞快地爬上山去，钻进佛塔抓出一个"擦擦"要扔下来……

我大声喝住他们，但为时已晚，一个"擦擦"飞落下来，还好落在沙土上。我拾起一看，心狂跳起来，那上面的浮雕线条简洁而流畅，人物比例匀称，极其精美！顿时，我浑身来劲了，喘着大气终于爬了上去。

那佛塔已有非常悠久的历史，里面放满了经书与"擦擦"。我们真后悔没带包来，只得在小心翼翼地从中选择了大约从魏晋至明清时期的一套脱模泥塑后，脱下裤子与袜子，把这些宝贝包起来带下山来。

剧组里有位藏族兄弟，见到远处山上隐隐约约有人晃动，说："会不会是萧导演他们？"

其他人笑了："怎么可能，他们累坏了，早休息了！"

带我们去找"擦擦"的强巴

没想到我们这几位，倒真成了淘宝的"贼"！

在我国悠久的文化史中，文学、美术、音乐等，优秀文化经常会通过佛教文化得以世代传承，就连我们的日常用语，诸如"一针见血""针锋相对""心心相印"等众多词汇，原本都是佛经中的语言，现在却已经在我们的生活中被广泛使用了。

扎达县与普兰县的佛教艺术历经了近千年的磨砺，囊括了中国、印度、古罗马、古希腊及阿拉伯等文明的元素，它是世界艺术凝结成的一个历史文化符号。中华民族文化的特点，就蕴藏在这里的历史遗址与古代雕塑、壁画之中，而古罗马和古希腊艺术的幽魂，也一直在这里的上空盘旋。

在扎达与普兰的寺庙壁画中，有大篇幅的非常丰富的歌舞内容，这足以证明各个民族的舞蹈，大部分都与宗教仪式有关。

在中国文明史中，佛教的禅宗虽然是一种宗教哲学，但它又是中国古典美学思想的一种反映。在中国古代艺术中，尤其是在绘画、书法、文学等作品中，所体现出的那种意境与精神思想，常常与佛教禅宗的思想是一致的。这表明佛教自公元元年前后传入中国后，逐渐与中国的本土文化融合，成为传承民族文化与精神的载体之一。艺术与哲学相互转换位置，起到了推动民族文化发展的作用。大自然呈现的各种境界，使得各个时代的艺术家们苦苦探索、追求它。在这个过程中，社会的政治与经济因素，造成了这些艺术家不同的人生境遇，以及对自然、社会的不同认识，因此诞生了不同风格与流派的艺术思想。

宗白华先生说：

文学艺术是实现"美"的。文艺从它的左邻"宗教"获得深厚热情的灌溉，文学艺术与宗教携手了数千年，世界最伟大的建筑雕塑和音乐多是宗教的。第一流的文学作品也基于伟大的宗教热情。《神曲》代表着中古的基督教。《浮士德》代表着近代人生的信仰。文艺从它的右邻"哲学"获得深隽的人生智慧、宇宙观念，使它能执行"人生批评"和"人生启示"的任务。

——《论文艺的空灵与充实》，1943年《文艺月刊》

从中国的古典舞与民族舞中，我们都能够看到这种哲学与艺术的转换，无论是著名的古典舞《霓裳羽衣舞》《高山流水》《春江花月夜》，还是民族舞《踏歌》《春调》等，都能

1992 年 8 月在玛旁雍措

够映照出中国古代哲学与艺术的辉煌。

同时，禅宗的哲学也渗透到人们的日常生活与社会实践中。就如现代百姓在休息日中，喜欢全家人聚居山水之间品茗聊天，现代派艺术家把肌肤雪白的美丽裸女放在沙漠或岩石中，或在工厂废墟中欣赏、对比。两者同出一辙。

令人惊叹的是，我们从普兰辗转到冈底斯山下，见到面积达 412 平方千米的玛旁雍措。那湖是被称为中国湖水透明度最高的淡水湖泊，也是我国蓄水量第二大的天然淡水湖。其湖名的藏语意为"不败、胜利"，它也有"神湖"之称。每到夏秋季，佛教徒扶老携幼来此"朝圣"，在"圣水"里"沐浴净身"。佛教徒认为，玛旁雍措是最圣洁的湖，是胜乐大尊赐予人间的甘露，圣水可以清洗人们心灵中的烦恼和孽障。

在玛旁雍措旁边有一个咸水湖，藏语叫"拉昂措"，面积达 269 平方千米，意为"有毒的黑湖"。玛旁雍措是淡水湖，拉昂措是咸水湖。冈底斯山与这两个荡漾着佛教传说的湖，形成了一种独特的文化。千百年来，国内外数不清的佛教信徒，怀着一颗虔诚的心，来到这里转山或转湖，以表达他们的美好愿望，以及对来世的希冀。

这两座湖泊与山，是一种多么奇妙的哲学意义上的组合。两个湖涵盖了地理、化学、色彩和体量上的对比：阴阳组合，咸淡组合，色彩组合，大小组合。这种富有哲理的组合，都处在神山冈底斯的俯瞰之下……这给世人留下太多的联想，怪不得这里会有如此多的传奇故事，我们不得不佩服大自然的神奇。而这种对比，在哲学意义上不恰好为"对立的统一"吗？

艺术与哲思的"统一"，在美学上被认为是美的重要因素之一。这两湖一山的奇特景观不正是如此吗？当艺术家们在创作中找到这种"统一"时，必定会沉浸到愉悦中去。

在去玛旁雍措的路上，我们见到两位疲惫不堪的年轻人，看来他们徒步了很久，已经筋疲力尽了。老远见到我们，他们就挥手示意想搭乘我们的车。

我仔细一看，天哪，其中一位矮个子，是我儿时的伙伴李俊。他父亲李子侯先生与我父亲是同事，都在浙江美术学院（今中国美术学院）工作。李俊从美院毕业后也留校教书，与他同行的是福建师范大学美术学院的一位年轻教师。我们真是"他乡遇故知"啊。

他们加入了我们的队伍，当晚我们一行人前往冈底斯山下一个小客栈宿夜。经过一条小溪时，李俊不慎落水，还好水不深，只是湿了衣服，只能到客栈后将衣裤烤干。以后几天他们也一直跟着剧组，直到拉萨才与我们分手。

回到杭州后我们也一直有来往，其间李俊还托我帮忙替他爱人调换工作。但有一天，当我联系他时，突然得到他因车祸成为植物人，最后去世的消息。我顿时大吃一惊，回想起十几年前，他在冈底斯山下落水后，我们在小客栈为他烤衣服时，客栈老板，一位50多岁的中年男人，不轻不重地说了一句："在这里落水，明天到玛旁雍措去洗一洗才好……"

第二天我们一早出发，谁也没有理会那位藏族男人的告诫。他的不幸难道真与此有关系吗？

1993年6月中旬，德巧打电话告诉我，藏传佛教白教（噶玛噶举派）的最高活佛，第十七世噶玛巴——伍金赤列多吉，将在6月25日他8岁生日时举行盛大庆祝活动。

这位活佛是我国中央政府批准认定的第一位藏传佛教转世活佛，在1992年9月27日已经举行了坐床仪式。德巧认为这是具有文献价值的题材，因为第十七世噶玛巴在藏传佛教中的地位仅次于达赖和班禅，是极为重要的人物。

而楚布寺是噶玛巴的驻锡地，是噶玛噶举派的主寺。举世瞩目的藏传佛教转世制度就是在这里首创的。

楚布寺位于西藏拉萨以西60千米，堆龙德庆县西北的楚布河上游，海拔4300米，距西藏拉萨市西郊约 70 千米。

楚布寺的建筑宏伟美观，代表着西藏传统建筑艺术的成就。寺庙中珍藏着几个世纪以来所收藏的法器文物，它被修行的人认为是最有加持力的道场。

公元 1159 年，第一世噶玛巴杜松虔巴去东藏康区时，到中藏吐龙谷，买下这块土地准备在此建寺。

1189 年，第一世噶玛巴 80 岁时，回到吐龙谷兴建楚布寺。这座被称为"人间净土"的寺院，可容纳 1000 多僧众，是历代噶玛巴和噶举派传承的主寺。

我和摄像师孟毅、主持人徐虹、杭州师范学院的季忠民、刚毕业的小伙子宋军赶到了拉萨，与德巧、茨多、朱建民、旺堆等人汇合后，赶到这座高海拔的寺庙。

这里海拔高，虽然已 6 月，晚上仍需躲进睡袋里。德巧告诫我们，室内必须整夜点蜡烛，并不是为了照明，而是为了检测室内氧气的含量。如蜡烛灭了，必须赶紧跑出屋子做深呼吸。

第二天一早，只见楚布寺前人山人海，除了国内各地的藏传佛教信徒，还有些人来自瑞典、南非、美国、马来西亚、泰国等国家。

那一天，除了通常的噶玛巴摸顶、放生等仪式外，我们还获准在楚布寺中住宿一夜，拍摄噶玛巴一天的生活。

8 岁的噶玛巴与同龄孩子一样淘气，屋子里除了佛像，还摆满了各种玩具，大都是国外来的信徒们送的。

早上起床更衣、洗脸后，他由老经师登桑布授课。孩子很不情愿的样子，也只好摇头晃脑背诵经文。偶尔他会朝着摄像机吐一吐舌头，扮个鬼脸……

早餐后，他就可以自由活动了。孩子问我们来自哪里。我告诉他我们来自美丽的杭州，那里有雷峰塔的传奇故事，还有"梁祝"的美丽传说。

噶玛巴听了，转身就跟老经师说，他要去杭州玩。

老经师指了指厚厚的书本，用藏语说了几句。我猜意思是要他先把书读好。

噶玛巴从小受到各方面的教育，包括天文、地理、文学、佛教、英语等。英语还是由外籍老师授课的。

课余，我们帮他制作了一只风筝。孩子特别高兴，随手抓起一支钢笔送我，还是一支派克笔。

谁知等我们走出楚布寺大门时，人群蜂拥上来，把我身上的这支笔，以及头上的帽子、围巾都抢去了，他们认为这都是被噶玛巴加持过的东西。

当孩子来到草地上放飞风筝时，就像一只百灵鸟飞向蓝天，脸上绽开了无忧无虑、灿烂

1993 年 6 月 25 日在西藏楚布寺拍摄《小活佛》

的笑容。他牵着风筝在草地上拼命奔跑，也想要飞起来似的……天真的笑声在蓝天白云下传得很远很远……

2012 年我到香港，在地铁的宣传广告中，见到已经长成小伙子的噶玛巴。那大幅照片上，还是能依稀看出他儿时的神情。这时，我觉得当年拍摄的那部纪录片，会成为珍贵的文献资料，具有特别的历史意义。如果噶玛巴也能看到这部记录他儿时生日的片子，一定也会感触颇深的。

在楚布寺拍摄的日子中，还有一位普通喇嘛使我终身难忘。他也只有十八九岁，叫达瓦。小伙子长得挺英俊，看人的眼光很柔和，但嘴角显示出一种坚毅。我们拍摄期间，他就一直跟着我们，帮助扛三脚架。在海拔 4000 多米的地方，长时间扛着重物，简直就是要命！这一艰巨的任务，达瓦一直承担着。跟久了，他好像都知道拍摄的机位在哪里，会主动把三脚架放到位，连摄像师都觉得很神奇。

一路上，达瓦是最好的讲解员，向我们讲解他心中的西藏，讲解楚布寺，讲解他的家……

由于疲劳和缺氧，我的痔疮严重发作了。好心的德巧告诉我，抹点酥油应该会好。结果反倒受感染了，我开始发烧，住进了西藏军区医院。自治区有关部门非常重视，把我安排到高干病房，有专门护士照看，套间的卫生间里还有浴缸。我在浴缸里泡了一个多小时，毕竟已经一个多月没洗澡了。

我们在楚布寺半个多月，拍摄了两部纪录片，一部是《小活佛》，后来在国际上获了大奖，还有一部是《楚布寺》。这两部片子我一直珍藏着，作为人生中永久的纪念。

离开楚布寺那天，达瓦很早就等在我们的面包车前，我们到来后，他却连一句告别的话都没有。我说：达瓦，这次在楚布寺拍摄，真的非常感谢你对我们的帮助！

他看着我，眼神不光是温柔，里面还掺着一丝失落，还有些惜别……这眼神使我的眼眶一热，差点落泪。

徐虹可就没有我这么坚强了，眼泪忍不住"哗哗"地落下了。

达瓦这时反倒跑开了，站到山坡上去。我们的车离开很远了，却见到他顺着山脊跟着车在跑……等车远去后，他才停下，站在那儿，一直注视着我们消失。

从西藏狮泉河出发，可经过大坂进入新疆。大坂最高处也有海拔6000多米，但翻过大坂后的海拔高度一路降低。我听说曾经有部队运送新兵的车辆经过大坂入藏，车停下后，才发现有战士因为高原反应已经牺牲了。

考虑到剧组已经在西藏高海拔地区辗转一个多月了，人都筋疲力尽了，继续翻大坂进疆是有危险的。于是，我们犹豫了。谁知，这一犹豫，使新疆之行在20多年后才得以成行。

2017年我去新疆采风拍摄，首选神秘的楼兰古城遗址与罗布泊，那里是古丝绸之路的咽喉地带，充满传奇色彩。楼兰古城遗址经受了大漠风沙1000多年的肆虐，只剩几座残存的建筑，孤独地屹立在荒漠上。

若你久久地仰望那湛蓝天空下黄土垒成的楼兰古建筑遗迹，聆听风从这里经过时"呜呜"作响的声音，它们仿佛能把你带入丝绸之路的时光隧道，见到这里曾经有过的楼堂参差毗邻的繁华，以及金戈铁马的硝烟战火，正如王维的诗所述：

单车欲问边，属国过居延。

征蓬出汉塞，归雁入胡天。

大漠孤烟直，长河落日圆。

萧关逢候骑，都护在燕然。

2017 年 6 月在罗布泊盐湖

在这漫无边际的大漠上，我似乎能见到唐代玄奘与法显两位高僧西天取经时留下的漫长足迹……

楼兰古国在公元前 176 年以前建都，到公元 7 世纪消亡，共有 800 多年的历史。它究竟为什么会消亡，直到现在仍然是一个谜。

1900 年，瑞典探险家斯文·赫定带领的探险队，沿着干枯的孔雀河来到罗布荒原（罗布泊西侧）探测。在穿越一处沙漠时，他发现所携带的工具遗失在昨晚的宿营地中。赫定让他的助手，维吾尔族向导阿尔迪克回去寻找。

阿尔迪克借着微弱的月光，不但在原营地找到了丢失的工具，还发现了一座高大的佛塔和密集的废墟，那里有雕刻精美的木头半埋在沙中，还有古代的铜钱。

阿尔迪克拣回几件木雕残片。赫定见到残片便激动不已，决定发掘这片废墟。

1901 年 3 月，斯文·赫定开始进行挖掘，结果发现了一座佛塔和三个殿堂、带有希腊艺术风格的木雕建筑构件、一些五铢钱、一封佉卢文书信等大批文物。随后他们又在这片废墟东南部发现了许多烽火台，它们一直延续到罗布泊西岸的一座被风沙掩埋的古城，这就是楼兰古城。

在20世纪初的考察过程中，大量楼兰文物被国外考察团带走，现存于瑞典、日本、韩国、俄罗斯、美国等国家的博物馆或图书馆中。

如今，在若羌县的博物馆中，最令世人震惊的，是那具在楼兰沙漠中出土的美少女的木乃伊。这位生活于上千年前的金发姑娘，安详地躺在这座现代建筑中，幸运地享受着现代科技所带来的照顾。

面对古城遗址，我瞬间就冒出一个念头，想用影像将散落在世界各国的楼兰文物，以及各国研究楼兰文化的研究成果拍摄成集。

因此，我向楼兰遗址属地若羌县的县委宋书记建议，一定要将散落在世界各国的楼兰古城文物都拷贝回来，让它们的灵魂回家，要让中国成为世界研究楼兰文化的中心。

当我还在"发思古之幽情"时，司机早已驱车400多千米来到了罗布泊。一个罗布泊镇的面积，相当于其他地方的一个省。这是一个不但神奇，而且让人伤心的地方。历史上这里屡屡发生失踪事件，比如：著名科学家彭加木于1980年6月在罗布泊考察时失踪，国家出动了飞机、军队、警犬，花费了大量人力、物力，进行地毯式搜索，却一无所获；1996年6月，中国探险家余纯顺在罗布泊徒步孤身探险中失踪，当直升飞机发现他的尸体时，法医鉴定已死亡5天以上，认为他由于偏离原定路线15公里，找不到水源，最终干渴而死。

我们的越野车颠簸在罗布泊的一路上，被扎破了四只轮胎，只好停在路边等了一个多小时，从过路车上卸下备胎，才继续前行。

在等车时，我发现周围的荒地上，满是奇石。同行的若羌县城建局王局长，看我们在聚精会神地拣石头，就告诉我们说：荒滩深处还有大片的珊瑚石呢！这可真把我们"馋"坏了。

谁都没想到，在罗布泊深处，还有一望无际的盐湖，广阔、碧绿的湖水，在蓝天下闪耀着碎银般的光芒，让人心旷神怡，这是我们绝没想到的。在如此荒漠的深处，却有这般令人心醉的景色。

清澈的湖水，在大风中拍打着湖岸，掀起一阵阵浪花……这种情景，不但使我更加感到罗布泊的神奇，而且会使人产生关于人类与宇宙的种种联想……

郭沫若先生曾写过一首描写西湖的诗:

据说西湖里有一位女神,
每逢月夜便要从湖心出现。
游湖的人如果喜欢了她,
便被诱引向湖中的春天。
今晚的湖上幸好没有月,
我没有看见西湖的女神。
不是我被诱进西湖的水底,
是西湖被诱进了我的心。

2004年10月,为了举办杭州西湖博览会的闭幕式,我们根据这首诗的意境,创作了一台可能是中国的第一部实景歌舞剧。在这种艺术样式中,自然景观和人文景观综合起来所产生的审美价值,已经在当代表演艺术中占有自己独特的位置。

表现西湖文化的舞台作品,已有太多,但个性鲜明的不多,经典的就更少,这是没有深

2004 年浙江西博会闭幕式实景歌舞剧《西湖女神》

层次把握这座城市特点的缘故。在表现中就事论事，是很难深入一个城市的灵魂中去的。

选择在西湖实景中表现这种独特的地域文化，其实也是给各位艺术家出了一道难题：如何用艺术形象，将杭州城市的特征与自然景观完美表达出来？

观众依据自己的审美，会毫不客气地把你所塑造及表达的人物和思想，与西湖的历史文化实体进行对比。我们所表达的每个场面，观众都会用形象思维进行比对。

在实景表演中，我们结合了大地艺术，借助其独特的表现形式，表达我们所追求的一种理念。

大地艺术，是艺术家与大自然共同完成创造的。这种独特的手段，更能唤起观众对杭州历史文化的反思，呼唤人们反思人与自然的密切关系。

大地艺术的作品，是完全放在一个具有审美特征和倾向性的自然空间中，与环境融为一体的。例如美国大地艺术家德·玛利亚创作的《闪电的原野》，他将 400 根不锈钢管棒插在新墨西哥州的原野上，排列成 16 个巨大的矩形。钢棒之间的距离非常远，如果观众身处其间，必须竭力寻找下一根所在的位置。他们也只有在一根一根的寻找跨越中，才会对作品的巨大张力产生切身的体验。

6月至9月之间，是常有雷电的季节。这些钢棒就会变成原野中的电极，它们在接引雷电时，成为连接天地的最佳纽带。但是这时它们是极度危险的，观众必须远离它们，才能欣赏到天地接触那一瞬间壮观的景象。

而我们选择的表演场所，正是西湖十景之一的"苏堤春晓"，也是在大自然中。那种无拘无束的空间，给创作提供了一个更广阔的舞台。

西湖的自然景观，那个巨大的自然空间所提供的创作依据，已不仅是单纯的被表现对象，它在这里成了参与艺术表现的主体之一，自然景观中的山水草木，都成为艺术表现的形象因素。当歌舞的人物与它们进行艺术的排列对比后，就产生了新的审美空间，这才算最后完成了作品的创作。

在舞美设计中，我们在表演区域栽种了大片竹林，与周边环境十分协调，这里包含两层寓意。

其一，交代了歌舞剧表现内容的地理特征——江南水乡，也是中国5000年文明的发源地之一——良渚的地理环境。同时，竹林与舞台上的巨大玉琮，是一个整体的文化形象符号。

其二，通过南方代表物种——竹来体现吴越文化的人文特征，细腻而不乏刚直，这也是江南人性格的写照。

剧本中安排的人物形象和音乐形象，也只有在这个空间中才被赋予了艺术的生命。也就是说，同样的形象，出现在其他舞台中的意义，是与在西湖实景的自然环境中的表现具有质的区别的。

例如，同样是剧中的舞蹈《秋水伊人》，如果在舞台上表演，只是一种单纯模拟的再现，而在西湖的特定环境中表演，没有任何人工的舞美装置痕迹，只有婆娑的竹林和皎洁的月亮做背景，水中映出舞者柔媚的倒影，大自然与我们共同完成了艺术的创作，真的让人们了解了舞蹈所表达的神韵，并恍然大悟：原来，没有现代高楼和汽车喧哗时，西湖的文化与那种纯粹的自然美，是那么的迷人……

这种创作，力求探索自然中文化基本特征的典型意义，寻找历史中西湖文化以及人文景观中我们祖先们的智慧、力量和品格，并且从中获取灵感。引导观众对这一"表演场所"时间性的历史思索，这就是我们这次创作的目的。

杭州自宋代以来，就逐渐成为一个多元文化融合的城市。杭州的人文景观与自然景观，还有许多待我们去挖掘，如孤山后面"梅妻鹤子"的林和靖，究竟是一位官场不得志、消极厌世的书生，还是一位胸怀大志的隐士？

而李叔同先生，他是中国近代美术、音乐、文学、教育等文化艺术领域的先驱，出家后成为德高望重的高僧大德——弘一法师，对佛教文化也做出卓越的贡献。如果仅关注他传奇的一生，而忽视了他对中国近代文学艺术做出的贡献，怎么可能对杭州的人文历史，有全面深入的解读呢？

南宋在杭州建都后历经了九代皇帝，投降前最后一位皇帝叫赵㬎，被元军俘虏后，于19岁时被流放到西藏萨迦寺。他赴西藏时带去了汉族的文化与匠人。我们在萨迦寺可以明显地看到寺庙的建筑与壁画都有汉传佛教的风格。这座寺庙以收藏有大量的"贝叶经"而著称，这些"贝叶经"中有大量的汉传佛教内容，我想应该与赵㬎有关。他在萨迦寺的时间长达27年，成为高僧大德，任萨迦寺住持（藏语叫"堪布"）多年。他法号"合尊"，精通梵文、藏文，曾翻译了大量佛经，如大藏经中《因明入正理论》《百法明门论》等重要著作，是佛教史上赫赫有名的佛经翻译家。而后，忽必烈召他到甘肃张掖大佛寺执教，于是，他将藏文化又带到了内地。最后他因诗被忽必烈赐死，这首诗又与杭州有关，是写西湖边梅妻鹤子林和靖的：

寄语林和靖，梅开几度花？
黄金台上客，无复得还家。

——《山庵杂录》

因赵㬎的功劳，萨迦寺成为藏传佛教中具有重要地位的寺庙，也是藏汉文化交流的结晶。

国家宗教事务局曾为拨款维修西藏寺庙一事征求我的意见。毫不犹豫地，我把萨迦寺与夏鲁寺列入名单之中。

同样，如果没有深入研究赵㬎为民族文化的融合做出的贡献，那无疑是杭州历史研究的缺憾。

此外，还有元代在杭州管理佛事的总督党项人杨琏真迦。他在历史上口碑不好，但他将藏传佛教文化带入杭州，对民族文化的交流做出贡献，也是不可磨灭的历史事实。

这些历史文化资源都是文艺创作的宝贵财富，只有真正尊重历史的有心人，才会在历史长河中发现这些散发出绚丽色彩的宝藏。

美国大地艺术家松菲斯特创作的《时间风景》，建造在曼哈顿的一条街道边，占地700

多平方米。在这座再造的先哥伦布时期的森林中，种植的都是原先生长在这里的植物，再现了北美洲未被欧洲人开垦前的景观。人们对《时间风景》的反应相当热烈，有人认为可以有机会在城市里倾听松树的低语，这是一个伟大的理念。尤其是它能告诉那些很少看到森林或听到森林中树涛之音的人们，他们生活的这座大都市并不向来就是混凝土和钢铁。这件作品显然具有艺术和文化的双重性。

可见大地艺术作品所蕴含的思想，会给社会与人带来极其深刻的震撼。因为自然本身是具有生命力的，它对人产生的那种艺术感染力，是任何舞美效果所不能比拟的。大地艺术能让观众从一个新的角度去思考艺术形象所涵盖的社会意义。

现在可以进一步看出，我们竭力想要在舞台艺术创作中找到新突破的原因了。西湖的自然景观，那个巨大的自然空间所提供的创作依据，可以从一个新的角度，去唤醒观众心灵中对历史和文化，以及对大自然与人的关系的思考。

利用西湖文化所特有的审美特质，把因她而诞生的"白蛇传"和"梁祝"的神话故事，在主体环境（实景）中演绎，这时，人物形象所产生的艺术魅力和审美特征，是在一般模拟场所（舞台）中产生的艺术效果所不能比拟的。它会留给观众更多更丰富的联想。

我们这部大地艺术的实景剧的最后一幕，也是这部作品揭示主题的点睛之处。上千名演员，身着象征古代与现代、东方与西方的服饰融合汇聚。从这种汇聚中，升腾起五彩缤纷的焰火，这寓意杭州这座多元文化古城，正散发出新时代的人文精神，以崭新的姿态迈入新世纪。

雷峰塔，这个杭州西湖边充满传奇色彩的历史文化符号，于1924年9月25日轰然倒塌了。这座塔，是历史上无数人对美好向往的精神寄托，久而久之，也成了杭州这座历史文化名城的象征之一。

2002年10月25日，雷峰塔在原址重建竣工，将举行盛大的佛螺髻发入宫及开光庆典。杭州市政府邀请著名音乐家何训田先生创作这次盛大典礼的音乐，并将根据音乐作品，创作大典的演出剧目。

何先生比较腼腆，一头卷发，有着浓浓的四川口音。我对何训田先生说："现在中国的佛教音乐，已经完全程式化了，已无多大艺术性可言。如果能创作出类似舒伯特的《圣母颂》那样不朽的音乐作品，从而成为人类宝贵的世界文化遗产，那该有多好啊！"

听我这么一说，他笑着回答："你的要求也过于'苛刻'了吧。中国佛教音乐的演变，是有历史原因的。为什么中国的民间音乐极其丰富，而现在的佛教音乐却相对单一呢？其实，在唐代、宋代，佛教音乐也非常丰富多彩。但后来，由于各个时期对佛教的不同态度，使其一部分脱离了佛教，被民间音乐同化了，成了民间音乐的重要组成部分，其余的则随着佛教的命运，演变成现在的这个样子。这个现象是值得研究的……"

确实如此，中国的艺术伴随着宗教发展也有几千年历史了。中国古代的思想家历来重视音乐的社会作用，在先秦时期就诞生了一部关于音乐美学方面的著作——《乐记》。这部著作已经形成了完整的音乐理论体系，对后世影响极大。

何先生的音乐作品完成后，杭州市政府邀请了多位专家来研究下一步剧目的创作。专家们在听了音乐后，都感到和预想的完全不一样。负责这项工作的宣传部副部长汪小梅急了，会议刚结束就给我打电话。她一贯说话慢条斯理，此时却突然变得急促起来。我听出分量来了。汪部长是分管市里文化艺术创作的主要领导之一，长期与艺术家们打交道，久而久之，对文艺作品也有了很高的鉴赏能力，她着急了，看来问题确实有点严重。

她要立刻当面征求我的意见。我刚跨进她的办公室，还没等坐下，她就单刀直入问我："你听了这音乐什么感觉？可以以此做大典的剧吗？"

我以前与何训田先生合作过，用他的音乐《阿姐鼓》创作的歌舞诗剧，以及电视艺术片，都在国内外获了大奖，所以对他的作品风格还是有一些了解的。这部音乐中最不易拿捏的是对佛教文化的理解。我笑着对汪部长说："先不急，我试试吧！"

这时，离正式演出只有3个多月了。这部有争议的音乐作品完全打破了现今流行的佛教音乐模式，把佛教的精神与民族音乐非常巧妙地融合在一起。它也是一部具有仪式感意味的音乐作品，做得很大气，旋律的起伏变化，仿佛是一根使天人合一的纽带。

其中《春调》的音乐与歌声，极具江南风韵，不但优美，还把雷峰塔所处的地理环境描写得淋漓尽致。由朱哲琴演唱的《阿耨多罗三藐三菩提》，完全摆脱了当前佛教音乐程式化的旋律，把流行歌曲与民歌特点相结合，从韵律中透散出浓浓的禅味，具有很高的艺术价值。我的宗教界朋友，奉化雪窦寺住持怡藏法师，就把《春调》音乐作为手机铃声，我想他一定是想经常在这音乐与歌声中，使自己的心灵沐浴在纯净与吉祥之中吧。

我挑灯夜战，晚上10点半前，一气呵成，把本子写出来了。第二天，听完本子的汇报，汪部长终于露出灿烂的笑容。

要使多种艺术形式融合成功，无论是在内容还是在形式上，都必须要求有一个核心将它们糅合在一起，牵强附会不行，"拉郎配"更不行，表现形式没有创新也不行。那么《雷峰塔音乐大典》这部剧成功的核心是什么呢？看完彩排后，《杭州日报》的两位记者目光犀利，短短千八百字，就找到了这部剧表现形式创新的核心。

主创人员排练现场说"最"

记者　梅春艳　戴树林

昨晚，阵雨，雷峰塔下，"雷峰夕照"音乐大典排练正酣。

总导演、本次大典的音乐创作者何训田昨天下午 4:00 抵达杭州，晚上 7:30 现场踏看，对演出现场赞叹有加；执行导演崔巍，18 日就带着演员进驻雷峰塔排练；灯光师易力明，现场操控着 1200 组灯光；编剧萧加，为音乐配置了充满神秘感的歌舞与故事；音响师陈健恒，与何训田多年合作……

2002 年 10 月 25 日，雷峰塔重建落成以音乐大典的形式体现，这是中国音乐史上的一次创举，对于雷峰塔本身来说亦是独一无二的纪念。

关于演出——导演何训田（独创 RD 作曲法，被评为中国最有个性的作曲家）：这是第一次

一开始想做成音乐厅式的演出。但今年年初雷峰塔刚开始重建时，我来现场踏看，觉得这是个很好的演出场地，就建议做成一个音乐大典，在我的印象中，这样的演出在中国是第一次。

创作音乐的时候，最重要的话题是一个字——"和"，有几种和的方式——天人与天人之间的和；地上万民的和；人与神之间的和；所有人、神与自然的和。共有《雷峰夕照》《琵琶乐》《阿耨多罗三藐三菩提》《鼓乐》《高僧入塔》《般若波罗蜜多心经》《白蛇舞》《春调》《千江春水千江月》九章。

音乐大典不是演唱会，也不是歌舞晚会，而是以音乐为主的综合艺术。所以有演奏（包括弹奏、吹奏等），加上舞蹈、独唱、合唱、江南民谣……

朱哲琴以"天人"的形象在第三章出现，她主要吟唱《心经》中的几句话，比如"般若波罗蜜"，下面有 800 余人合唱江南民谣，体现"天人合一"。

而杨丽萍在第七章《白蛇舞》中出现，舞蹈是她自己编的。吟唱完《般若波罗蜜多心经》后，突然雷声大作，白蛇在雷声中缓缓舞出。在民间传说里，雷峰塔和白蛇其实是一对矛盾的关系，而我们在这里要体现一种和谐，天与人之间的谅解与和谐。

（据悉，杨丽萍今天就会到现场参加排练，而朱哲琴要明天才能到杭州。）

关于演员——执行导演崔巍（创作过舞剧《阿姐鼓》）：1300 余位演员，组成最强大的演员阵容

除了朱哲琴和杨丽萍两位大腕，这次演出共动用了 1300 余位演员。包括 81 名"飞天女"划过夜空构筑敦煌壁画、100 名琵琶女齐奏琵琶乐、160 名花灯女伴舞、160 名鼓手演绎威风

鼓阵、300 名佛家弟子护法高僧入塔、100 名模特展示中国历代服饰演变、200 名武僧表演中国功夫、100 名京剧武生、222 名江南美女展现水乡柔情……

关于舞台灯光——灯光师易力明（张艺谋御用灯光师，创作过舞剧《大红灯笼高高挂》）：就灯具数量来说是创纪录的

这次的灯全部都是新灯，是从张艺谋下一个歌剧《刘三姐》剧组借用过来的，总共有 1200 台灯，总瓦数将近 2000 千瓦，一般的舞台只要两三百台就够了，从灯具数量上说是创纪录的。

这是一个音乐庆典，灯光必须具有戏剧性，强调神秘、节奏。全部使用造型灯，整个演出现场光区非常清楚，通过光区转化来强调旋律、变化。

因为这是庆典，所以在色彩上比较高雅，用了金色、淡蓝色、绿色三种色彩。

在南屏山和汪庄各设置了 3 台 7000 瓦的远程灯。汪庄的灯主要起到逆光效果，南屏山的灯第一起到造型的效果，第二可以把整个雷峰塔照亮。这 6 台灯射程达到 10 公里。

雷峰塔塔身和通往雷峰塔的台阶以及边上的草皮树林都是舞台的一部分。

关于票价——

本次音乐大典总投资 400 万元。票价最高定为 3800 元，最低为 2800 元，共出售门票 1200 张，也就是说演员和观众的数量比例超过 1，这在以往的演出中是绝无仅有的。

找到了核心，亮点的创新就不难发现了！这个"核"往往就藏在不起眼的平凡之中，也许与你就隔着一层纸的距离。你要用对艺术与生活的积累去发现她，当你的智慧与她碰撞的时候，她会闪烁出清澈的光辉，普照所有观众的灵魂深处……

我们现在的教育，教给孩子们的知识过于片面了。比如，我们只强调中华民族是世界上历史最悠久的民族之一，但其实我们具有文字记载和文物遗存的历史，只是从殷墟的商周青铜文化开始的，至多也只有三千多年。或许今后会有新的考古发现可以佐证我们的文明史也和古埃及同样悠久。为此，我国考古专家与历史学家做了大量辛勤的工作。甚至有学者考证假设，我国商周前的夏朝与古埃及有着直接的联系。他们的证据是从《山海经》《水经注》《史记》等古籍中找得的。因为古书中说到的"昆仑山"，其特征与周边环境，在我国寻找不到，却令人吃惊地与非洲的乞力马扎罗山十分吻合。

早在1995年，宫玉海教授出版了《山海经与世界文化之谜》一书，提出《山海经》是信史而非神话的观点。他认为《山海经》记载的"众帝之台"为埃及金字塔。他的观点开创了国内研究古华夏历史与古埃及遗址之间联系的先河。

我们先不讨论这种观点是否能进一步得到论证，单说从不同方向去思考问题的方法，这对研究社会与艺术的发展，必定是有用的。贡布里希曾说："现实中根本没有艺术这种东西，只有艺术家而已。"古埃及的文明史就是古埃及的艺术家们书写传承下来的。

2017年3月，《遇见大运河》世界巡演来到埃及。飞机快到开罗时，我从飞机上俯瞰开罗。它像是从沙漠中长出来的城市，见不到绿色，一片棕黄色覆盖了大地。我无论如何也无法想象，

2017年12月《遇见大运河》在埃及演出时在开罗金字塔拍摄

这里曾是人类文明的发祥地之一。

我是带着问题来的。首先我要从感性上体会一下，中华文明与古埃及文明之间是否能找到联系的蛛丝马迹；其次，我来之前看了一些关于金字塔与古埃及建筑、雕塑以及绘画的资料，发现这里面也充满了许多令人叹为观止的"谜"。

到旅馆时已近黄昏，我们就住在金字塔附近，在三楼能看到日落中神秘的金字塔。这一人类的伟大杰作，在夕阳中更增加几分谜一样的色彩。

第二天一早，我们就来到这久违的人类伟大奇观前。当与金字塔如此近距离接触的时候，我使劲摸着这座距今5000多年的胡夫金字塔的塔基。那已经被时间磨砺、风化的巨大石灰岩，使我感到像是在握一位古稀老人粗糙的大手。震撼之余，从它的"手"里，我能够感受到，建造金字塔的工匠们搏动的心音。我感到它是有生命的，正默默地看着每天来自世界各地的游人们。也许这位老人在想，都21世纪了，我怎么还是你们百思不解的"谜"呢?

使我不解的是，在这么辉煌的历史遗存下，埃及人的脸上怎么看不出一丝自豪感? 他们都在忙着向游人兜售旅游纪念品，好像金字塔不是他们的。

我是与杭州歌剧舞剧院《遇见大运河》剧组一起来到这拥有苏伊士运河的国家进行文化交流的，这是这部剧世界巡演的第五站。剧组的演员们，那几十位婀娜多姿的青春少女，在这体量巨大的古老金字塔下，仰望着那目光炯炯注视着前方、已经守候这里5000年之久的狮身人面像……这情景不仅使我浮想联翩，还把我带入了古埃及的历史时空。

接下来在埃及的几天，就像生活在古埃及的梦幻中。到了卢克索，这里的一切彻底把我带入4000多年前的古埃及。进入帝王谷的法老陵墓中，墓道两侧布满了密密麻麻色彩、造型、布局各异的浅浮雕，艺术性极高。那些形象有人物、符号（可能是古埃及文字），还有各种动物，造型简练而朴实，均匀地排布在墓道壁上几十米长的整幅画面中。

与古埃及相似，3000多年前，我国古代雕塑家，在商周青铜器的铸造中，以动物形态作为造型对象，就已经取得很高艺术成就了。值得注意的是，中国古代艺术与古希腊艺术不同，古希腊雕塑喜爱用植物枝叶的形象作为造型；中国是在唐代以后，才逐渐将枝叶的造型用于雕塑作品的装饰。

古埃及在艺术史发展中与中华文明的相似之处，算是为部分中国学者关于我国夏代与古埃及有联系的论点找到了一些佐证吧。

当看到图坦卡蒙的木乃伊时，我简直不相信躺在眼前的是4000多年前的人类。

我问身边陪同的翻译，一位埃及小伙子："你想过金字塔与这些古埃及的艺术，是怎么发展来的吗？"

小伙子高大、英俊，没有丝毫东亚人的特征，他告诉我，日本人和德国人在帮助他们解开这些古埃及的谜。20世纪20年代，英国人就在这里研究古埃及文明，结果谜至今未解开，古埃及文物倒是拿走了不少。的确，我在大英博物馆和罗浮宫见到过不少古埃及雕塑与文物，而且都是精品。

赶到卢克索城里时，已近黄昏。卢克索神庙里，太阳已把剩下的那片金色的霞光吝啬地收了回去。神庙体量巨大的建筑与雕塑，完全笼罩在夜幕中。而照亮神庙与雕塑的灯光，显得有些扑朔迷离，更把我脑中的历史轴线彻底打乱了。我不得不在神庙前坐下，慢慢梳理眼前的古埃及文化与人类的进化过程……那些壁画与雕塑告诉我们，古埃及人的服饰、发饰已经非常讲究，甚至已经在使用香水……我由此联想到，四五千年前的古埃及人奢侈而豪华的生活方式。

2017年12月在埃及帝王谷

但是，这些令人匪夷所思的文化现象，倒是令我有一种很奇怪的亲切感。

卢克索省的省长默罕默德·巴德尔40多岁，原来是足球运动员，身板笔直、结实，中午他在尼罗河边设宴招待我们。没想到，晚上我们参观完神庙，翻译又告诉我们，省长在办公室等我们。看来省长对我们也有一种特别的亲切感。

更不可思议的是，回到开罗参观埃及国家博物馆时，一枚图坦卡蒙时期的胸章引起了我的注意，总觉得似曾相识……终于，我恍然大悟，这枚胸章上是一只鹰的侧面形象。它的构图与造型我曾在杭州的良渚博物馆的玉器上见过，两者如出一辙。难道我真的发现了4000多年前中国夏朝与古埃及之间的秘密吗？无论如何，这枚被称作"荷鲁斯之眼"的胸章给我太多的联想，若是把这种联想与我在古埃及灿烂文化面前的感受结合起来，创作一部剧肯定会很有意思的。

　　艺术家们一定都向往去希腊，因为那里是欧洲文化艺术发展的基础。希腊的首都雅典城市不大，约80万人口，它是欧洲乃至整个世界最古老的城市之一，其历史可以追溯到3000多年前。

　　公元前1000年，雅典已成为古希腊的核心城市。从公元前9世纪晚期起，雅典已有贵族的豪华墓葬，铁器和青铜生产也发展迅速，这里已建立早期的奴隶制城邦。

　　梭伦是雅典城邦的第一任执政官，庇西特拉图是他的继任者。在他们统治时期，雅典工商业有显著发展。公元前5世纪，雅典成了西方文明的摇篮。

　　在演出前，我们全体演职员首先来瞻仰这西方文明发展的摇篮。伊瑞克提翁神庙是雅典卫城的著名建筑之一，被视为卫城最神圣的地方，是诸神之家，也是传说中诸王之墓的所在。

　　伊瑞克提翁神庙建于公元前421年—前406年期间，最初为放置八圣徒遗骨的石殿，是雅典卫城建筑中爱奥尼亚风格的典型代表。神庙建在高地上，其建筑设计复杂而精巧。

　　在北面廊柱的天花板和地板上都有方形孔，据说是当年波塞冬和雅典娜争做雅典保护神时用三叉戟刺破的。

神庙南面的露台，用 6 根大理石雕刻而成的少女像立柱托起屋顶。她们长裙束胸，服饰各异，亭亭玉立，温文尔雅。由于石质屋顶很重，用少女形象托起，其颈部必须设计得足够结实。为保留少女纤细美丽的颈部，聪明的建筑师给每位少女颈后都设计了一头浓厚的秀发，并在头顶加上花篮，完美地解决了建筑上的难题，充分体现了建筑师的智慧，这座神庙也因此成为举世闻名的建筑艺术杰作。

现在神庙中展示的少女柱是复制品。为了避免空气污染对文物古迹的损坏，其中 5 座少女柱被收藏在卫城博物馆内，另外 1 座被收藏在大英博物馆中。

古希腊的最高艺术成就，就是以建筑与雕塑为代表的。古希腊的建筑，往往都尽量表现出和谐、匀称、整齐、凝重、静穆的形式美。远远望去，那些神庙圣殿的高大石柱及其造型，就如一曲凝固的音乐。

美学大师宗白华先生说：

古希腊的数学家与哲学家毕达哥拉斯，视宇宙的基本结构，是在数量的比例中，展示着音乐式的和谐。古希腊的建筑则将这种形式严整的宇宙观实体化。柏拉图所称为宇宙本体的"理念"，合于数学形体的理想图形，亚里士多德也以"形式"与"质料"为宇宙构造的原理。

当时，以"和谐、秩序、比例、平衡"为美的最高标准与理想，几乎是古希腊哲学家与艺术家共同的论调，而这些也是古希腊艺术美的特殊征像。

——《论中西画法的渊源与基础》

由此可见，西方文化艺术的发展，是建筑在数学、天文学、物理学的基础上的。而中国文化艺术的发展则是奠基于文学、美术、宗教等人文科学之上。两者不同的发展方向，也决定了它们在艺术创作上不同的风格与特征。

中国绘画与诗词的传统，同样影响到其他艺术门类的发展。往往以追求"气韵生动"，也就是以生命的律动为艺术创作的首选，而把"和谐、秩序、比例、平衡"放在了次要的位置上。

就如晋代画家、理论家谢赫的绘画六法，把"应物象形""随类赋彩"放入模仿自然的三四流的位置。

雅典的卫城博物馆就建在伊瑞克提翁神庙下面，其选址，看来也是下了一番功夫的。这两座建筑，一座是希腊人的祖先们设计的神庙，也是当时的艺术中心，一座是如今希腊人设计的现代艺术殿堂。把这两座跨越了3000多年历史的建筑排列在一起，也许正是设计者在昭示世界：希腊的艺术精神永存。

博物馆分三层，藏品几乎都是古希腊不同时期的雕刻艺术品，有少量的青铜作品。

参观这座艺术圣殿时，我的心情经历了三个阶段的变化。就如在埃及一样，我根据自己对古希腊的一点浅薄认识，是带着诸多问题来的。比如：古希腊雕塑艺术与古埃及艺术是否有传承的关系？与中国古代雕塑对比，又会得出怎样的结果？……在欣赏过程中，一种崇敬之情在我心中逐渐升腾起来，使我对古希腊的艺术家们肃然起敬。因为他们的艺术成就，为人类文化艺术的发展做出了巨大的贡献。

最后，在那些两三千年前的雕塑艺术面前，我被感动得热泪盈眶，心情久久不能平静。没有想到在距今那么遥远的年代，古希腊艺术家们的雕塑作品，已经具有如此高的艺术水准。人物造型的结构、比例都极精准，就连现代的雕塑家们也一定会对此"顶礼膜拜"的。

法国近代著名雕塑家罗丹是这样告诫我们的：

在菲狄亚斯与米开朗琪罗的面前，你们应该俯首顶礼。瞻仰激赏前者的神圣清明之气，与后者狂乱悲恸之性罢。瞻仰激赏是一杯慷慨的祭酒，是出于高贵的心灵的奉献。

——《罗丹论艺术》

古希腊的这些雕塑作品，都能够让观赏者觉得，那些石雕都微微散发着肌肤的温度。你会强烈地感受到，自己置身在那些古希腊神话的诸神之中，已经穿越时空，来到了那个人类文化艺术高度发展的古希腊时代。

罗丹还说：

无疑的；具有特别理论头脑的希腊人，本能地就把主要特点标明出来，他们把统辖人体的主要线条勾画了，同时，他们也从不省略生动的局部，他们把局部融冶于全体中。因为他们爱好沉静的节奏。所以，不知不觉地把次要的起伏凹凸删减了。唯恐这些次要的部分，破坏了整个动作的平和、清明的调子，然而，他们并不完全抹杀局部……充满着对于自然的钟爱与尊敬，他们只表现所见到的自然，表示他们对于肉体的崇拜……

——《罗丹论艺术》

谈到古希腊的雕塑与建筑，必须提一下菲狄亚斯，他是古希腊著名雕塑家、建筑设计师，雅典人，主要活动时期在公元前490—前430年，是当时的政治家伯利克里的挚友和艺术顾问，也是当时最负盛名的艺术家。

菲狄亚斯曾经在希腊各地从事艺术创作活动，在公元前5世纪70年代，即菲狄亚斯20来岁时，便已名蜚艺坛，广泛地接受各城邦的订件。他的主要创作生涯是在故乡雅典度过的。他一生最辉煌的业绩是主持重建了雅典卫城，完成了众多的雕刻装饰杰作。

在希波战争中，雅典城市受到严重毁坏。菲狄亚斯为雅典的重建做出了卓越的贡献。他擅长神像雕塑，主要作品有雅典卫城上巨大的《普罗迈乔司的雅典娜》《利姆尼阿的雅典娜》，奥林匹亚的《宙斯》和《帕提农的雅典娜》等作品。

但这些作品都已失传，我们现在所见到的只是复制品。著名的帕提农神庙的装饰性雕塑，也是在他的设计、指导和监督下完成的，其中最著名的作品是《命运三女神》。

早期，他曾创作过一系列雅典娜神像。在当时希腊人的心目中，雅典娜是智慧、和平和威力的象征，是庇护他们战胜波斯人的救星。在希波战争胜利之后，为雅典娜建立庙宇和塑造神像的风气在各城邦十分盛行。菲狄亚斯最早制作的雅典娜神像，是用黄金和象牙作材料，安置在阿开亚的伯伦涅城的庙宇中。另一件雅典娜像作品，则是为布拉德城的雅典娜神庙制作的。

据记载，创作布拉德城的雅典娜神像的资金，是由雅典人在马拉松战役中所获的战利品提供的。雕像的基础部分是木质的，经过镀金处理，头部、手、足均用珍贵的云石雕刻而成。布拉德城的雅典娜神庙，于公元前479年竣工。

在客蒙（Kimon，公元前5世纪中叶的雅典统帅）时期，菲狄亚斯还受雅典人的委托创作了大型纪念碑群雕。雅典人把它作为献给德尔菲城阿波罗神的礼物，以此感谢神在马拉松战役中对希腊人的保护。

另外值得一提的是，古希腊时期的那些铜像也非常出色，其体量往往超过成人大小，其铸造工艺极其精致，丝毫不逊于现代雕塑铜像的翻造工艺水平。可见在当时的古希腊，

2018 年 4 月 19 日《遇见大运河》在希腊演出时在科林斯运河边

工业制作水平已经相当高超了。

我们的舞蹈剧场《遇见大运河》的邀请方，原本准备安排我们在卫城的露天剧场演出。在这座距今 2000 多年的古代剧场，演出现代的艺术作品，这是一种多么奇妙与幸福的感觉。可惜由于准备时间太仓促，我们没能够完成此行。

我曾对演员们说："在希腊这个深谙造型艺术的民族面前表演，是对你们的一种鞭策。舞蹈艺术与雕塑艺术同属造型艺术，雕塑作品要以一个动作造型表达人物的个性与内心，而舞蹈却可以用连贯的造型动作来表达。如果这样，我们都没有把'话'说明白，是对不起舞蹈艺术对我们造化的。"

结果，《遇见大运河》在雅典的演出大获成功，中国驻希腊大使在看完演出后一定要上台发表感言。他认为：这部剧使希腊观众对中国文化有了进一步正确的认识，为中希两国人民之间相互了解与交流做出了贡献！

这又一次证明了，中国文化在当今世界具有很强的亲和力，说明中国民族文化的传承，不但在延续，而且在漫长历史中，善于去粗取精、去伪存真，并具有博大的胸怀，能够广纳百川，在不断调整自己民族文化的发展方向的同时，又谦虚地迈进世界文化宝库，使中华民族文化具有独特魅力，从而呈现其旺盛的生命力，在为建立世界共同体的伟大事业中，做出应有的贡献。

世界的发展，是建立在各个国家民族文化高度发展的基础上的。进入 21 世纪，高科技与互联网的快速发展，势必使文化发展呈现另一种倾向。

在我们的舞蹈剧场《遇见大运河》两年多的世界巡演中，我对此深有体会。这部剧是讲述中国古老的大运河历经千年沧桑后，在现代社会获得新生的故事。剧的表现形式是舞蹈剧场，融合了话剧、声乐等多种舞台艺术手段。

我们从 2015 年开始，陆续在全世界巡演。当时我们担心的是语言的问题，怕外国观众看不懂，影响了剧的思想性与艺术性的表现。

结果，无论是在法国巴黎、尼斯，还是在德国柏林，继而在埃及、希腊等国，每场演出结束后，观众都久久不愿离去。有些观众还留下来，与我们交流他们的观后感。

在德国柏林演出结束后，一位意大利导演告诉我们："自己过去很少接触中国的文化，这是第一次观看中国的舞台剧。但无论是内容，还是表现形式，它都让我感到非常亲切。它以中国独特的艺术形式，讲述了一个世界所面临的共同问题。

在埃及国家大剧院演出时，大剧院的院长，一位 40 多岁、气质高雅的女舞蹈家，兴奋地说：对于宣传中国文化，你们的到来，比你们的政府代表团到来的效果更好。

这种现象，我就暂且称之为是一种主体作品的衍生文化现象，这可能与剧的内容有关系，

2016 年 1 月 20 日《遇见大运河》在新加坡演出

其感动观众的原因应该是这部剧表达了现代社会在古老文明和传统文化面前，应该如何去传承一个民族文化的灵魂，同时应该如何共同保护人类赖以生存的环境这个主题。

剧中的这一主题，是我们在思考如何以艺术形象来表现对民族文化遗产的传承时所诞生的。

这种主题的确定，使我想起，2008 年北京奥运会开闭幕式时的创作。这届奥运会开闭幕式的文艺表演被时任国际奥委会主席罗格认为是奥运会有史以来最精彩的文艺表演。

当时，开闭幕式 4 个剧组，其实都在考虑一个问题：我们要向世界说些什么？从 2007 年初到 2008 年上半年，创作人员在办公室每天开会策划，围绕这个中心议题讨论。

开幕式一共 8 个节目，将中国传统文化与哲学思想高度凝结，表达了中华民族的百年大梦。

这一切，被世界几十亿观众所赞颂。开幕式结束后，张艺谋给大家讲了一个感人的故事：一位在加拿大生活了大半辈子的老华侨，由于贫困，一直受到歧视。北京奥运会开幕式后的第二天早晨，当他推开自家大门时，就看到门口台阶上，邻居们放满了鲜花……老人两口子拥抱在一起，热泪盈眶。这是他们几十年来感到最扬眉吐气的时刻。

由此可见，中国文化对于全世界的吸引力。它往往比政治更具影响力。我们不妨以开幕式为例，从奥运会开幕式的节目内容加以分析。

序以笔、墨、纸、砚这文房四宝为主题，集天地之精华，将中华民族5000年文明，展现于笔端画卷，凝结成人间瑰宝。

8个节目分别为：画卷、文字、戏曲、丝路、礼乐、星光、自然、梦想。

"画卷"的节目解说词是这样的："外师造化，中得心源。天地之间，丹青流淌，水墨晕化。天地氤氲，万物化醇。"一轴长卷中国画表达出东方美学独特的思想观念与哲学精神。

我不得不佩服创作团队的策划者们对中国画艺术的理解。在巨幅长卷上，以舞蹈的跳、滚、飞、旋等动作，表达中国画笔法的勾、擦、皴、染。以舞蹈的形体动作来表达中国画的气韵生动，与笔墨、虚实、阴阳、明暗等绘画语言。画面上呈现出古老的岩画、陶器、青铜器的生动造型，勾勒出中国文化起源、发展的历史。这个节目的表现形式，充分体现了创作者们的文化修养与智慧。

宗白华先生说过：

将来的世界美学自然不拘于一时一地的艺术表现，而综合全世界古今的艺术思想，融合贯通，求美学上最普遍的原理而不轻忽各个性的特殊风格。因为美与美术的源泉，是人类最深心灵与他的环境世界接触相感时的波动。各个美术都有它的宇宙观，与人生情绪为最深的基础。中国的艺术与美学也有它伟大独立的精神意义。所以中国的画学对将来的世界美学自有它特殊重要的贡献。

——宗白华《中国古代　绘画美学思想》

"文字"的节目解说词是这样表达节目内容的：象形指事，形声会意。在人类的文明中，汉字具有独特的美。它化天地于形象，化形象于符号。小小的符号变幻无穷，包容了宇宙万物，传达出中国关于人与人、人与自然的最古老的人文理念：和为贵。

后汉大书法家蔡邕说："凡欲结构字体，皆须像其一物，若鸟之形，若虫之禾，若山若树，纵横有托，运用合度，方可谓书。"

唐代韩愈在他的《送高闲上人序》里说："往时张旭善草书，不治他技，喜怒窘穷、忧悲、愉佚、怨恨、思慕、酣醉、无聊、不平，有动于心，必于草书焉发之。"

2007年在"鸟巢"模型前讨论残奥会闭幕式舞美设计

2008 年 7 月 1 日在 "鸟巢" 排练现场

借助象形文字的形象概括，来暗示自己对这些形象的情感。

我相信，中国的这些文化先贤们对象形文字的精辟论断，古埃及的法老们一定会非常赞同。在这些法老的陵墓中，满壁辉煌的象形文字，与古老的中国文字如出一辙。

难能可贵的是，北京奥运会、残奥会开闭幕式由张艺谋、张继刚、陈维亚率领的创作精英们，对我们祖先的文化见解心领神会，并且将此植入到奥运会开闭幕式的文艺演出中。

用中国的文字，将人类文化的上下五千年融合起来，这引起了全世界的共鸣。可见，中华民族不但默默地传承着本民族的优秀文化，而且以中国人对象形文字独特的理解与情感，感动了世界，为世界文化的发展做出了贡献。

然而，这种表现形式的排练，却近似于 "残酷"。表演 "活字印刷" 就排练了将近一年。经常可以见到在炎热的酷暑中，演员倒在排练场上，被医务人员送上救护车呼啸而去。他们正是用生命与汗水，在向世界传播中国文字与文明。

"戏曲" 这一节目的解说词是这样的："凡音之起，由人心生也。"中国传统的戏曲表演，深深扎根在民间百姓心中。

中国地域广阔，衍生出数百种戏曲剧种。在这里只用二三十个画外音，就解决了表达多剧种的问题。

这种形式上的处理，也是从中国传统美学的角度加以思考的，借鉴了中国绘画处理空间表现的方法。清初画家笪重光在他的《画筌》（这是中国绘画美学中的一部杰作）里说得好："空本难图，实景清而空景现；神无可绘，真境逼而神境生。位置相戾，有画处多属赘疣；虚实相生，无画处皆成妙境。"也正相通于中国舞台上处理的方式。

中国舞台表演的方式是独创的，而又与中国绘画相通。

中国的传统艺术很早就突破了自然主义与形式主义的片面性，创造了民族独特的现实主义表达方式。

"丝路"的解说词说："山重水复疑无路，柳暗花明又一村。出阳关，下西洋，架起丝绸之路。路，连接起空间，连接起时间，也连接起心灵；路，翻越高山荒漠，跨过江河湖海，穿过历史尘烟，连接起东西方人民的心。"

说起"丝路"，人们很自然就会把它与"大漠"和"海洋"的形象联系在一起。家喻户晓的"郑和下西洋"与"大漠敦煌"成了两个最为经典的形象。在"丝路"这个节目中要创新，单是"山重水复疑无路，柳暗花明又一村"这一句话，就把大家难住了。能使观众耳目一新的那个"又一村"究竟在哪儿？仅把形象找到了，表现形式如何创新是使大家绞尽脑汁的事。

英国诗人布莱克的《从一颗沙子看世界》说得好："一花一世界，一沙一天国，君掌盛无边，刹那含永劫。"宗白华先生在《论文艺的空灵与充实》一文中也说："人类这种最高的精神活动，艺术境界与哲理境界是诞生于一个最自由最充沛的深心的自我。这充沛的自我，真力弥漫，万象在旁，挥臂游行，超脱自在，需要空间供他活动。于是'舞'是它最直接、最具体的自然流露。'舞'是中国一切艺术境界的典型。"

毫无疑问，在这份向世界宣读中国文化艺术的宣言中，当然要以"中国一切艺术境界的典型"说话。在偌大的"鸟巢"空间中，让"最自由最充沛的深心的自我"能得到最大限度的释放。

然而，这种释放却苦了演员们。舞蹈中他们需举着几十斤重的船桨道具，冒酷暑一练就是几个小时。这样的艰苦排练坚持了几个月之久。在开闭幕式演出中，他们让多项"不可能"变为"精彩的瞬间"。

在北京奥运会开闭幕式

66

2008 年 7 月 18 日奥运圣火彩排

"礼乐"一场的解说词是这样的："吾师心，心师目，目师华山。咫尺之图，画江山万里。水墨丹青，写天地日月。盛世强音，颂人间和谐。"

昆曲充分体现了中国古代的美学思想与艺术境界，是文学、音乐、舞蹈等多种艺术样式的集中表现。

在节目中展现了五幅中国长卷画，并配以演员们的古典舞，再现了中国礼乐之邦的盛世气象。五幅画分别是：《游春图》，画的是距今 1300 年前人们踏青游春的情景；《清明上河图》描绘了 1000 多年前北宋时期百姓生活的场景；《大驾卤簿图》，描画了 700 多年前元代宫廷仪仗与车骑的宏大场面；《明宪宗元宵行乐图》，生动表现了距今 600 多年前明朝时期的射箭、马球等体育活动；《乾隆八旬万寿图卷》，再现了距今 200 多年前，清代皇帝乾隆寿诞庆典的豪华场面。

这些绘画作品，并不全部都是中国画艺术的最经典代表，它们在这里呈现的意义，内容大于形式。一方面展示了中国古代的繁荣昌盛，另一方面告诉世界，射箭、足球、马球等体育运动，早在 600 年前就已经在中国诞生了。

遗憾的是，这个节目中的内容并没有完全体现"礼乐"的精神实质。中国的文化，非常重视礼乐。但节目中的昆曲与五幅绘画，与"礼乐"所蕴含的深远博大的文化思想，还是有距离的。在讨论这一节目的创意时，当然就有不同的意见。

孔子反复强调"礼乐"的重要性，认为一个国家兴衰的重要标志在于"礼乐"。礼，就是指各种礼节规范；乐，则包括音乐和舞蹈。礼乐的起源，与人类文明的演进是同步的。中华"礼乐文化"形成的背景，是以天地与自然的和谐代表"乐"的精神，而"礼"是以天地自然的秩序为基础的。"和谐"（乐的精神），所以万物都能化生。"有序"（礼的精神），所以万物能各具特性。由此可以看出，"乐"是形成于"天"的阳刚之气，而"礼"则是由"地"的阴柔之性所形成。

从人类历史文明的发展来说，并不是一开始就是"礼乐"并重，或"礼"重于"乐"的，而是先有"乐"，然后随着历史的发展，逐渐发展为"礼乐"并重。

最后的几个节目篇章，以风筝、太极拳表达中国传统哲学思想的"天人合一""天圆地方""人与自然的和谐"等观念，并展示了人类对现代科技与现代文明的憧憬。

这时，演唱的歌词是这样的：

我和你，心连心，同住地球村。
为梦想，千里行，相会在北京。
来吧，朋友，伸出你的手，
我和你，心连心，永远一家人。

　　这部书的最后，是我要写一封给父亲的信。我的父亲是一位雕塑家，他把对艺术的执着遗传给了我。但我真的不明白：他3岁时父亲去世，17岁考入杭州国立艺专，以后经历了出国留学、战争、动乱，他是如何在坎坷与艰辛中奋斗一辈子，却仍能保持一个艺术家纯净的心灵的？

　　而我就不行，虽然也从事艺术创作，但除了父亲遗传给我的对艺术的执着外，只沾染了一身"戾气"，艺术上一无是处。心灵不纯净，怎么可以创作出使人得到审美的愉悦、塑造人们灵魂的作品？所以，我要给父亲写这封信。其实，回忆他，也是对自己灵魂的一种"救赎"……

　　亲爱的爸爸，40多年过去了，这是我第一次给你写信。因为你走的时候我还太小，没有写信的机会。昨天整理书籍时，竟然翻到你的一本日记。虽然封面已黄旧，我却十分熟悉，瞬间又像回到那往日的年代。

　　那是你离开这个世界的前两天晚上。我淘气地悄悄爬到关押你的二楼窗口，见你正在这本日记上写着东西……在昏暗的台灯下，你紧锁眉头，却聚精会神。

我悄声喊："爸爸！"你极紧张地猛一抬头，瞪大眼睛，那眼里布满血丝，惊讶地看着我在窗口露出的脑袋。

我告诉你：前两天听错了，他们只说可以给你送些东西，没说放你回家！你的神情顿时显得无奈，但仍强忍着，不愿在我面前流露出内心的失望与酸楚……

你赶紧挥手打发我回去，临了叮嘱：不要耽误了田康寿儿子的药。

那时，我确实很不明白。田康寿是你社教时借住在他家的那个贫农，他的儿子从小有癫痫，你带他到杭州看病，还每月买药寄去。现在自己家里发生变故，已经断了经济来源，你把身上仅有的毛衣脱下来，让我带回去，让母亲去典当。我很奇怪，这时你为什么没有提到在车祸中受伤的弟弟呢？

现在我懂了，你在一生中，始终保持着人格的高贵。听母亲说，在抗日战争时期的大撤退中，一列火车飞驰而来，扇动的后车门眼看就要把站台上的孩子打下轨道，是你豁出命去护住素不相识的孩子，自己却受了重伤。

所幸一同逃难的一位医生被你感动，竭尽全力把你从死亡中救回来。

"文革"中你身患梅尼埃病，去平湖挨批斗时正值严冬。妈怕你想不开，会把治病的药一股脑儿吃了，还要我看紧你。

这时，让我感到愕然的是，你总是阴沉的脸庞，却突然露出一丝灿烂，像是在自言自语："我的艺术创作还在等着我呢……"现在我才懂了，只有把艺术等同于生命，才会更懂得珍惜！

我陪你睡在冰凉的水泥地上。半夜，夜阑人静，除了窗外北风阵阵呼啸，还能隐隐听见院里自来水在"滴滴答答"漏水……你竟然起身，扶着墙一点点挪出去，拧紧了龙头。

回到被窝时，你的脚是冰冷的。可能你到现在也不知道，其实我没睡着。虽然我躺着一动不动，但泪水却再忍不住了。

父亲，你知道吗？你走后，母亲含辛茹苦把我们拉扯大，是多么的艰辛！你走的那晚，母亲凄凉的抽泣使我终身难忘。

半夜，雨下大了。母亲突然冲出家门消失在夜雨中……外婆带着哭腔喊道："快，快跟着你妈啊！"

我追出家门，早已不见母亲的身影。我跑到对面公园的西湖边，雨水拍打着脸庞，与泪水混在一起。在昏暗的路灯中，我悲切地叫喊着："妈妈，回家吧……"心中除了仇恨，就是恐惧。我沿湖走着，喊着，又生怕看见前面的湖边围着一群人……一直走到精疲力竭，浑身湿透，才怀着莫名的惊恐回家。

母亲抚摸着浑身湿透了的我说："孩子啊！我舍不得你们啊！"

父亲，平时你连母亲在菜场与小贩讨价还价，都要责怪她。在20世纪60年代生活极艰难的时期，你把送礼的人拒之门外，却要母亲端着滚烫的鸡汤，送去给生病躺在宿舍的学生。

我们兄弟几个都很馋，我趁机偷偷地喝了一口，结果舌头上都烫出泡。你知道了，拿戒尺要惩罚我。我戴上棉帽，捂住脸，戴上厚厚的棉手套把手也藏得严严实实的，还穿上你的那双长筒胶鞋，把全身都"武装起来"，然后对你说："打吧！"

你看着我这副熊样，禁不住仰面哈哈大笑，说我还真是有点"导演"的功夫。

没想到我后来真的把导演作为了终身的事业，虽然没有做出傲人的成绩，但在艺术创作中，都还是有你的影子的。60年代，你在麦积山等摩崖石窟长时间考察，冒着危险在悬崖上拍摄的一套古代雕塑，是我一直随身携带的创作"源动力"。

你看着自己拍摄的照片中，古代雕塑人物精美的形象，竟会流露出像孩子见到心爱玩具时的神情，对着它们轻轻地说："美极了，美极了……"好像生怕惊醒了它们。

你在舟山写生，画了那些渔民经历沧桑、爬满被海风磨砺得如刀刻般皱纹的脸庞。外婆总是用这些形象吓唬我们，说不听话就叫这些"老头子"把我们带走。我们吓得大气不敢出，而你却说：这些老爷爷脸上的皱纹，是最美丽的，因为这是他们历尽沧桑、艰苦斗争、勇敢勤劳的标记。

后来我懂了，在我拍摄的艺术片中也有一位满脸皱纹，却露出灿烂微笑的藏族老人，她感动了一位日本妇女。片子在国外获奖时，我参加第七届亚洲（日本）电视节颁奖仪式出来，有一位日本中年妇女等在剧场外，朝我深深鞠躬。她告诉我，片中那位藏族老人深深感动了她。在那样艰苦的环境中，老人仍然能够流露出那么灿烂的微笑，是需要多么强大的精神力量。现在我理解了，你说过的那种美丽，其实是艺术创作中一种崇高的语言。

你还曾指着在丝绸之路上拍摄的古代雕塑照片说：单个形象的说服力，远不如系统地介绍，从系统的形象中可以看到时代的缩影，可以提供远远超出雕塑艺术之外的多种文化信息。

我遵循你的话去做，发现从那些历代的古代雕塑人物的喜怒哀乐中，确实能够找到一个民族文明的足迹。于是，我在创作中，也尝试拍摄、编撰了《中国民居》《中国乡土建筑》《中国传统村落图典》等系列电视片与摄影画册。

可惜，你没能看到这些。记得1966年的清明，你带我去西湖边岳飞庙。你说，想为岳飞、文天祥、史可法、邓世昌、霍去病、戚继光、郑成功、林则徐等历史上的十位英雄创作一组大型群像，但在那个时代这只能是你的梦想。

去年，在你诞辰100周年的纪念展开幕式上，人们把你称作现代雕塑的奠基人与开拓者，这是后人与时代对你的评价。我到你墓前，默默地告诉了你。

老一辈艺术家留给后人们最宝贵的遗产，是对艺术孜孜不倦的追求，是对人民无限忠诚的精神。你们都是我们民族文化的守护者。

父亲，记得我小学毕业时考试很糟糕，吓得晚上躲在对面公园都不敢回家。是母亲把我找回去的。出乎意料，你并没责怪我，反而从书架上找出荀子的《劝学篇》。这是我第一次接触古典文学，第一次听说："学不可以已。青，取之于蓝，而青于蓝；冰，水为之，而寒于水。"

儿时留下的这种带有感情色彩的记忆，在我以后的学习中仍然在发挥作用。大学时，古汉语考试后，恩师吴熊和先生说：这次考试的词语解释"望洋兴叹"只有两位同学答对了！我很荣幸是其中的一位。父亲，这就是当年你告诉我《劝学篇》真谛的结果吧。

母亲说，你对于金钱始终没有概念。创作海军英雄赵尔春铜像，你分文不取，感动了英雄家乡的临安人民。在你离开我们的30年后，临安文化馆的蔡涉先生还特意来找我们叙旧，叙说当年请你做英雄铜像时的情景。50年代末，你把创作上海虹口公园鲁迅先生墓前铜像所得的800元稿费全部分给带去实习的学生……这些记忆，使得现在别人与我谈起稿费时，我还总是要脸红。因为在金钱面前，以自己的艺术在播撒人性中善良与美好的种子。

我带着女儿去瞻仰人民英雄纪念碑时，守护在你创作的那一面《八一南昌起义》浮雕前的武警战士，当知道我是纪念碑雕塑者之一的后代时，不但请我们走上汉白玉的台阶，并以军人的礼节，久久地向我们致敬。这些战士天天守护在这里，每天都在与创作人民英雄纪念碑的这些民族文化的捍卫者们对话，聆听他们的谆谆教诲……

前几日，我随团在北京国家大剧院演出，经过天安门广场的人民英雄纪念碑时，在车里看着你创作的浮雕，知道你并没离我们远去。你的艺术已经与这个国家和民族融合在一起了，因为这是一座永垂不朽的丰碑。

瞻仰人民英雄纪念碑——父亲的作品

你走了十几年后，还有一位考取美院的学生找到家里。她说敬仰你的艺术才华，才慕名来考这所学校雕塑系的。当得知你早已离开了这个世界时，她黯然泪下……其实，这就是你在人们心中矗立的另一座丰碑。

你在这本日记中，密密麻麻地记的都是毛主席的语录和学习心得……但是也有多处类似外语的符号。你的生命与艺术才华是被那个疯狂的年代夺去的，如果你以你的善良没有认识到现实，那将是一种民族的悲哀！如果你是在日记中"装糊涂"，那你的死是无比高尚的！父亲，我不知那些外语写的是什么，请你在梦中告诉我真相吧，就如当年你传授我《劝学篇》那样，我会永不忘怀的……

德国乌尔姆大教堂

德国天鹅堡

德国德累斯顿

德国格利茨大教堂

德国巴特舒森里德

德国巴登 – 符腾堡州小镇

德国巴登 – 符腾堡州小镇

英国剑桥大学

英国康桥

英国泰晤士河畔

英国海德堡公园

希腊雅典

希腊雅典剧场

伊瑞克提翁神庙少女石柱

埃及开罗金字塔旁

埃及金字塔

埃及金字塔周围沙漠

埃及卢克索神庙

俄罗斯冬宫建筑物雕塑

新疆楼兰古城 / 罗布泊

新疆罗布泊

云南大理

西藏雅鲁藏布江

贵州安顺镇宁布依族石头寨

山东乳山银滩

山东威海刘公岛附近灯塔

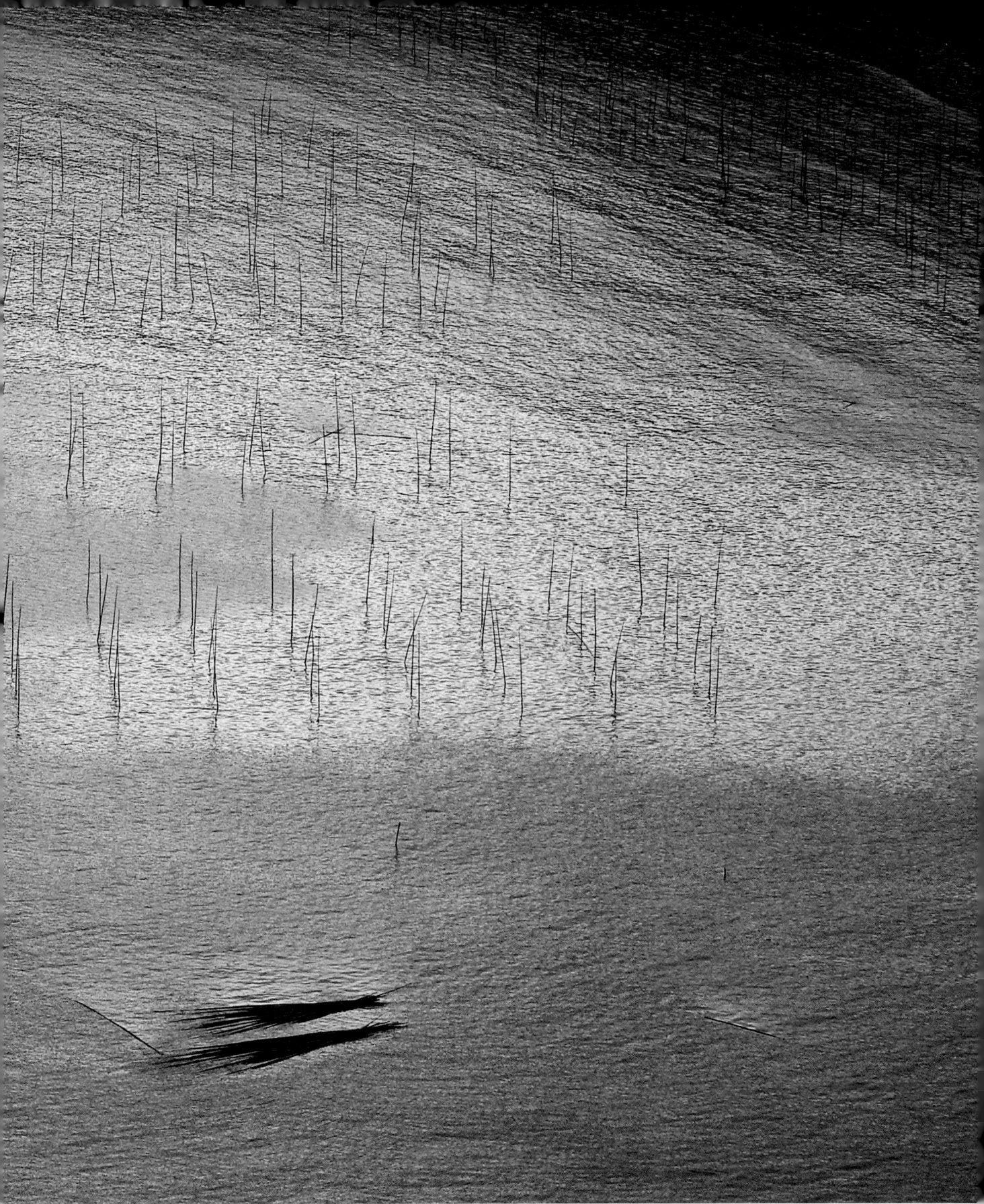

绍兴八字桥附近

杭州径山寺

山西大同华严寺

西藏楚布寺喇嘛

福建南华土楼老人

浙江杭州南宋遗址老人

云南傣族少女

西藏楚布寺噶玛巴生日庆典时的藏民

海女与布达拉宫的喇嘛爷爷

贵州土家族人家

云南景颇族的老人与孩子

云南基诺族儿童

西藏十七世噶玛巴伍金赤列多吉

演员王苗

浙江音乐学院舞蹈系的学生们

浙江音乐学院舞蹈系的学生们

希腊著名艺术家，P·K
舞蹈团团长帕佛洛斯

舞蹈演员徐晨

舞蹈演员王天艺

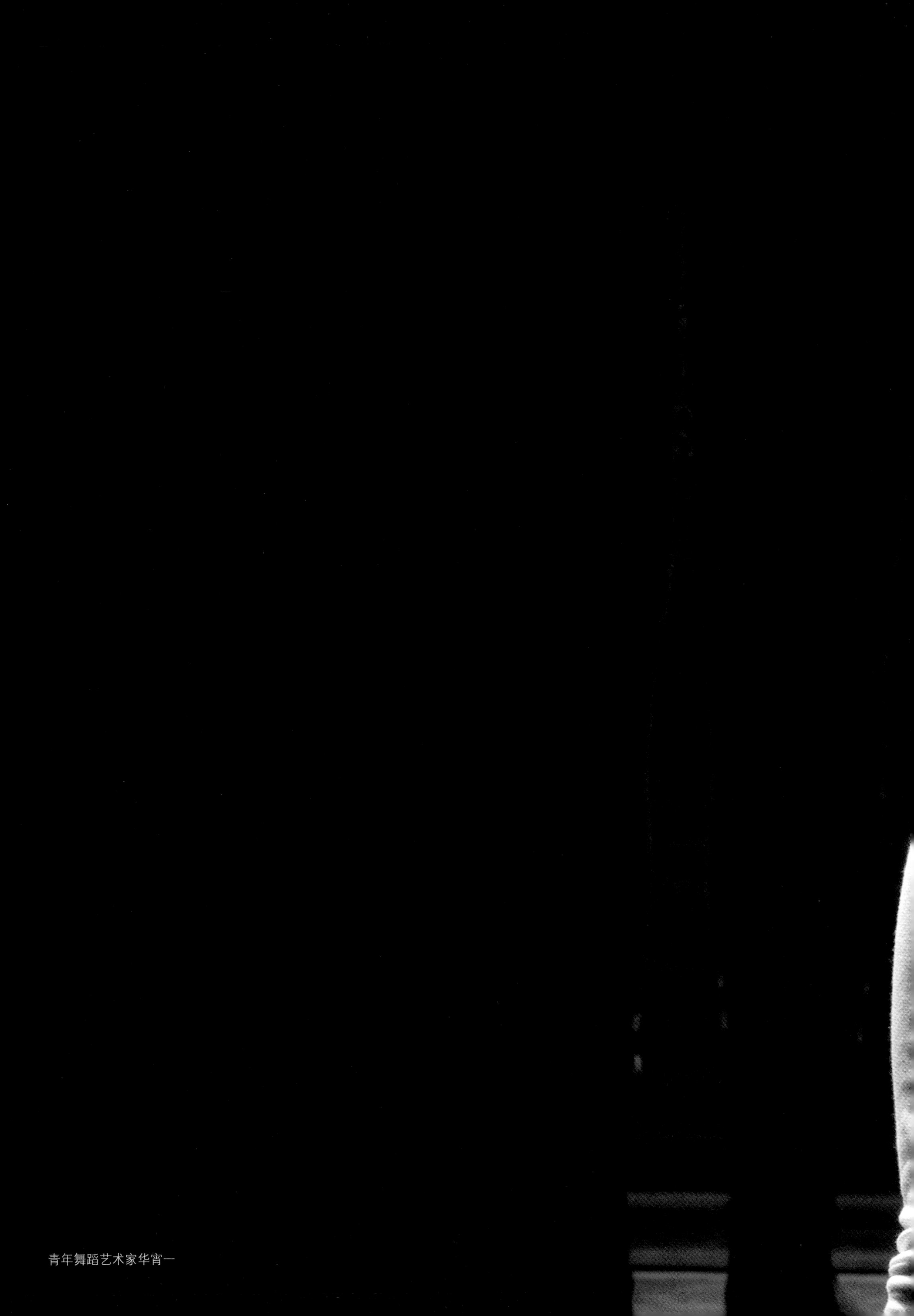

青年舞蹈艺术家华宵一

上海戏剧学院芭蕾舞专业的学生

上海戏剧学院芭蕾舞专业的学生

上海戏剧学院芭蕾舞专业的学生

上海戏剧学院芭蕾舞专业的学生

上海戏剧学院芭蕾舞专业的学生

上海戏剧学院芭蕾舞专业的学生

上海戏剧学院芭蕾舞专业的学生

上海戏剧学院芭蕾舞专业的学生

上海戏剧学院芭蕾舞专业的学生

上海戏剧学院芭蕾舞专业的学生

第十三届全国学生运动会开幕式排练现场

杭州歌剧舞剧院舞蹈团排练现场

著名舞蹈演员曾凯

排练现场

舞蹈剧场《遇见大运河》演员化妆

舞蹈演员赵洋

舞蹈演员邓春晴

舞蹈演员侯小龙

青年舞蹈家华宵一与王子涵

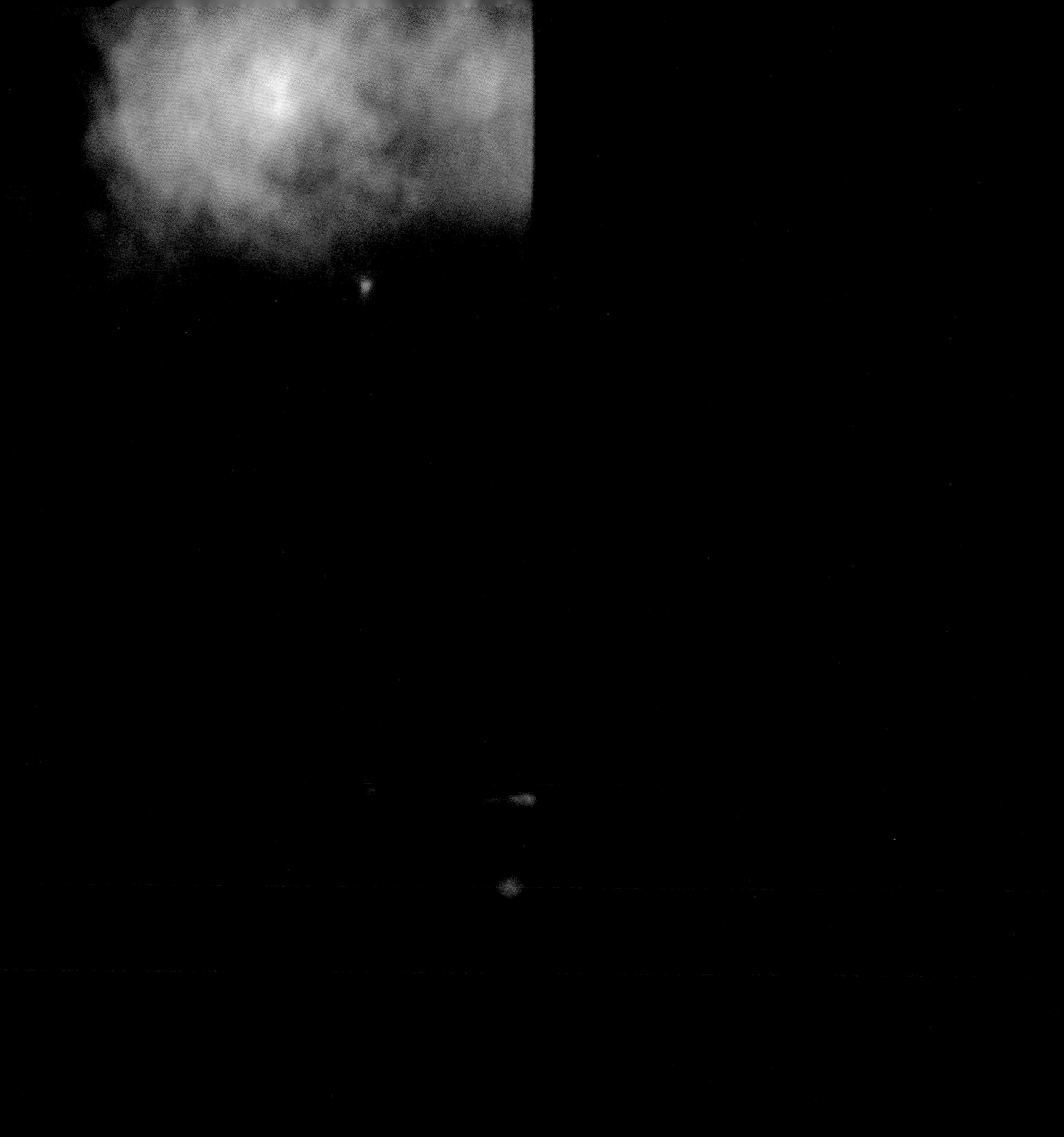

舞蹈演员陈洁琼

舞蹈演员陈浩凯 等

著名舞蹈演员曾凯、周可

舞蹈演员胡心阅

舞蹈演员梦思

著名舞蹈演员李婷

著名舞蹈演员郑超华

著名舞蹈演员周可

舞蹈演员梦迪

舞蹈演员王天艺

著名舞蹈演员周可

舞蹈演员朱青

舞蹈演员曹正男

舞蹈演员朱青

舞蹈演员邓春晴

295　　　　　　　　　　　　　　　《遇见大运河》的女演员王天艺等

《遇见大运河》舞台监督武林乔

著名舞蹈演员曹正男、郑超华、华茜、左旭东

第十三届全国学生运动会开幕式上小学生们的表演

参加第十三届全国学生运动会开幕式文艺演出的浙江曲艺杂技总团的演员们在排练

《遇见大运河》的女演员们

《遇见大运河》的
女演员们

舞蹈演员王苗

《遇见大运河》的演员们

附录

1983 年

拍摄《谢晋》时与谢晋的合影

1984 年 8 月

拍摄《青铜白玉》时在漳州

1984 年

拍摄台州大鹿岛

1985 年

拍摄《浙江民居》与石塘船老大

1987 年

拍摄《工作着是美丽的》与作家陈学昭

1989 年 7 月

摄制组在拉萨河边与德巧合影

1990 年 4 月

带女儿在德国留学时在科隆大教堂

1990 年

到德国当晚住在雕塑家马科斯家

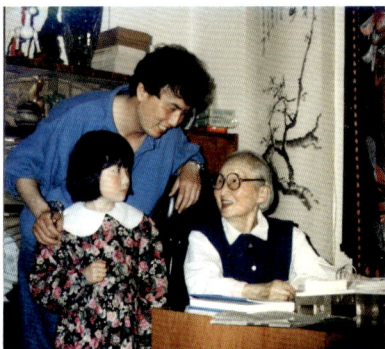

1990 年

与女儿在德国留学期间

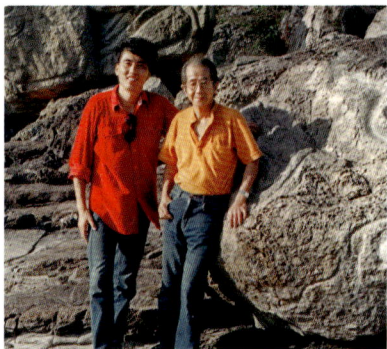

1992 年 7 月

在大鹿岛拍摄《自然与人——艺术家洪世清》与洪先生合影

1992 年 8 月
"雪顿节"拍摄哲蚌寺展佛

1992 年 8 月
在珠峰下拍摄电视艺术片
《阿姐鼓》

1992 年 8 月
在阿里途中

1992 年
拍摄《绍兴民居》的主持人

1992 年 8 月
在古格遗址

1992 年
在湘西拍摄《中国民居》

1992 年 8 月
在玛旁雍措

1993 年 6 月 25 日
在西藏楚布寺拍摄《小活佛》

1992 年 8 月
在阿里无人区

1993 年
拍摄《汪世喻》

1994 年 3 月
在云南拍摄时与司机王师傅合影

1994 年
在瑞丽的夜市

1994 年 7 月
在丹麦拍摄《龙的传人》

1994 年
在中缅边界

1994 年
摄制组在玉龙雪山下

1995 年
在湘西拍摄非遗"毛谷斯"

1994 年
摄制组在中缅边界

1997 年 7 月
拍摄布达拉宫

1994 年
在泸沽湖拍摄《中国最后的母系部落》

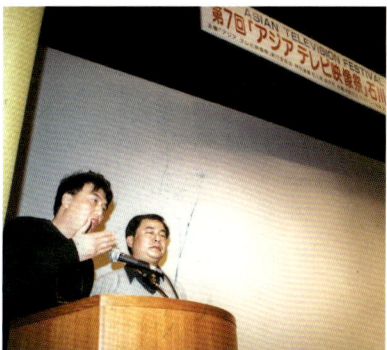

1998 年 12 月 2 日
荣获第七届亚洲（日本）电视节评委会特别奖

1998 年 12 月 7 日
在日本东京大学

2006 年 7 月
拍摄《中国电影的故事》

2003 年 11 月 8 日
西博会闭幕式演出《西湖女神》

2007 年 5 月 30 日
《和平颂》在香港红磡体育馆演出合影

2004 年 12 月 21 日
尼泊尔蓝毗尼圣火采集仪式

2007 年 6 月 29 日
奥运会开闭幕式部分主创人员合影

2005 年 5 月 11 日
俄罗斯莫斯科采风

2007 年
在"鸟巢"模型前讨论残奥会闭幕式舞美设计

2005 年 5 月 12 日
俄罗斯圣彼得堡冬宫采风

2008 年 7 月 1 日
在"鸟巢"排练现场

2008 年 7 月 18 日

奥运圣火彩排

2012 年 12 月 27 日

柬埔寨吴哥窟采风

2008 年

应邀去韩美林艺术馆帮忙北京馆开馆筹备

2013 年 7 月 19 日

满洲里室韦俄罗斯乡

2008 年

在澳大利亚采风

2015 年 7 月 18 日

在日本久石让工作室

2008 年

中国佛教协会会长一诚法师为《和平颂》题词

2016 年 1 月 20 日

《遇见大运河》在新加坡演出

2010 年 1 月

创作上海世博会启动文艺晚会

2016 年 2 月

到英国剑桥李约瑟研究中心进行文化交流并拍摄

2017 年 3 月 9 日

在瑞金拍摄《那一片红土地》

2017

参加 G20 夫人团文艺演出

2017 年 6 月

在罗布泊盐湖

2018 年 4 月 19 日

《遇见大运河》在希腊演出时在科林斯运河边

2017 年 9 月

第十三届全国学生运动会开幕式

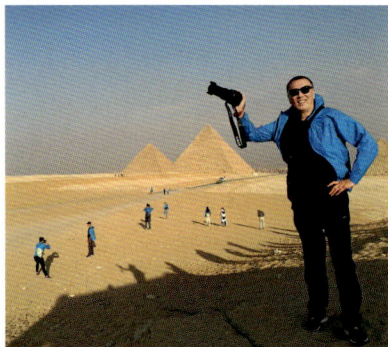

2017 年 12 月

《遇见大运河》在埃及演出时在开罗金字塔拍摄

2017 年 12 月

在埃及帝王谷

　　我的摄影水平，真还不够搞创作的，主要是为了记录。在生命中，其实有许多难忘的人和事，它们常常还是我前行与动力。但随着时间的流逝和纷杂世界的喧嚣，这些关于它们的可贵记忆，也可能渐渐被淡忘。我经历的是一个疾风暴雨式的时代，人的本性在那种背景下，常常会被暴露无遗，在基本生存受到威胁时，人的品格与德性会显露得最为真实。我非常后悔，为什么不能把这些珍贵的片段永远留存下来？

　　我少年时曾去过"北大荒"。那时，我坐了三天三夜的火车和轮船，来到了离边境不远的梧桐河。在那片广袤的湿地与田野中，蜿蜒的泥路可伸向无尽的天边，密密的白桦林在蓝天白云下，随着微风会不停地摇曳……那里不仅景色迷人，更可贵的是，还蕴藏着许多动人的故事。

　　梧桐河曾是黑龙江省第一劳改农场的所在地。这里的劳改人员大都是伪满时期溥仪宫中的官员与皇亲国戚，还有日本战犯、国民党县团级以上的官员等重要犯人。当然，也有在困难时期，偷了生产队的地瓜，被判了刑的普通犯人……

　　知识青年们的到来，使这片神奇的土地充满了活力。那时，对于眼前这个完全陌生的世界，我只能贪婪地把一切都储存在脑海里。

　　秋季的草原最易发生荒火，燎原的火可以把十几平方千米，甚至更大面积的土地变成一片火海。有一天，突然响起了火警，离这十多里的地方发生荒火。我们几百号人跑步赶去，在烟火弥漫的火场扑打了两个多小时。

　　近距离见到人在烟雾中与烈火竭力搏斗的身影与姿态，没想到竟是那样的美丽。从那以后，这场景就印在我脑中，成为一种"美"的象征，常会出现在我以后的创作中。

　　当火被控制住时，所有人都已筋疲力尽。那些女孩子，几乎瘫倒在地上，男孩子自觉地扶住她们，帮她们艰难地返回。这也是我第一次真正接触到女性，她柔软的肌肤，使我产生从未有过的感觉，心跳、脸红，我忘掉了扑火的疲劳，返回的十几里路，竟然如此之短暂。

我觉得，那一次，我长大了。这种人性中微妙而美好的体验，是在与烈火搏斗后，从一位柔弱、苗条的女孩身上得到的。她在烈火与烟雾中舞动的身影，成为我心中舞蹈的雏形。

那时，我由于表现得好，被调到分场的小卖部工作，仍觉得浑身有使不完的劲，便要求包干5亩水稻田。下了班，我还要独自到地里种田，总要到天黑才回宿舍。

记得那年水稻长势好，快成熟的一天，我正弯腰在水田料理，抬头看见远处田埂子上，有个人久久地望着我。走近几步后才看清，是我们分场的王耀武场长，他不知什么时候来的。等我走近了，他问我："孩子，你不累吗？"

我笑着说："不累，你看这稻子长得多好……"我边说边走上田埂。

"收割时就交给劳改们帮忙吧！"

我离他近了，才在已降临的夜色中，看清他眼里有泪花在闪烁，我说："不用，我还有几个好帮手呢！"

农场的管教干部，都是从部队转业的，他的形象，与电影中的首长一模一样。他已60多岁了，银白色的头发，洪亮的嗓音，黝黑的脸庞上，端正的五官轮廓鲜明，微笑时还露出一排雪白的牙齿。

老场长被调走后，新来的场长是朝鲜族的，叫康禹正，矮个子，说话还带着朝鲜腔。

那时我们的生活非常艰苦，吃的全部是粗粮，极少有白面和大米。春天食堂的菜，天天是水煮韭菜，夏天只有白菜，冬天是萝卜汤。我们在田地里休息时，常躺在草垛里，回忆自家爸妈做的红烧肉的滋味，还相互比较谁家的好吃，约定回城里后，一定去搓一顿楼外楼的东坡肉。我们常自嘲道，"意淫"在当时，是解馋的最好方式。

实在饿不过了，我们就会偷些公家的黄豆，带到宿舍，放上酱油，悄悄地用电炉子炖熟了吃。有一天晚上，把黄豆炖上后，因为太累了，大家都睡着了。大伙儿睡得太死，锅子烧干燃了起来，都满屋子烟了也没人醒过来。

康场长每晚都会到宿舍看看我们，多亏他的这个习惯，他因此及时发现了火情，悄悄把锅子端到屋外，拔掉电源，把电炉藏好。

当时发生这种事，涉事的人是要去蹲"小号"（监狱）的。大伙醒来，提心吊胆地过了一天，但什么事都没发生，只是锅子与电炉不见了。

大伙纳闷了，这是怎么回事呢？事后，值岗的人才透露了实情。那帮偷吃黄豆的小子们知道了，被感动得热泪盈眶。

十多年后，我回城后已经在电视台工作了。有一天，我在杭州剧院录像，正在转播车上准备导播。有同事说车外有人找，我一看，惊呆了，是康场长。他老了，更瘦了。他露出微笑，久久地看着我，半晌没出声，只是紧紧握着我的手。等片刻后，他才用带着朝鲜腔的普通话问我好。我眼睛一热，也不知道用什么语言来表达那时的情感。

很显然，他是费了好大一番周折才找到我的。由于工作关系，他隔天就要回东北。匆忙的见面，虽只有短短几分钟，对于我却十分珍贵，尤其是他望着我的眼神，使我终身难忘……

我为什么又没有记录下什么？事后我暗自后悔。

分场小卖部，一共只有三人，指导员是徐先进，老革命了，山东人，也已经60多岁了。他虽然平时话不多，但在知道我们食堂伙食不好后，常主动领我去家里吃饺子。看着我狼吞虎咽的模样，他总会流露出父亲般欣慰的神情，一个劲地要他老伴邹姨多煮些。

有一年中秋节，接连是雨天，道路极其泥泞，过节的货物在路上耽搁了。我从总场商店取货回分场，虽然只有八里路，马车却走了一个多小时，不时还陷在泥泞路上的大坑里。

回到分场时，天已快黑了。只见分场的家属们都等在分场外的大路口，眼巴巴地盼着。车还离得老远，我就能听到从人群中传来的一阵欢呼声。

大伙帮着把货卸了，心满意足地把月饼、水果、酒等买回去，家家窗户里都亮起温馨的灯光来。

等我把车卸了，食堂早已熄火，当我拖着疲惫的身子回到宿舍时，没想到徐指导员已等在那儿了。

他在黑暗中走近我，把夹在腋下的一只饭盒递过来道："快吃吧，还热呢。"

接过这只温暖的饭盒，我眼睛一酸，只轻声喊了一句："指导员……"就再也说不出话来。这是我今生度过的最难以忘怀的中秋节。

可惜，当年我没有条件和能力，记录这位慈父般老人的影像。

那个时代，每年只有在过年时，商店才会供应一次猪肉，这在分场是件大事。一早，家属们就排起队等在商店门口。

当时的小卖部，男人中数我最年轻，卖肉的行当只能由我来干了。分解一头猪是非常专业的事，我从没干过，而卖肉的刀都有十来斤重，因此肉砍得当然不均匀，结果有的人家买了一大块骨头当作肉拿回去了。但他们默默地离开，没有一个人埋怨我，就连家属中被称为"泼妇"的大妈，也没有半句怨言……后来，我是含着泪把肉卖完的，我深深地体会到那些人对我如同亲人般的关爱，我永远不会忘记他们……那些动人的场景，一直在我心中闪烁着人性的光辉！

当时，在秋天收割的水稻，只能等到冬季天寒地冻时，用爬犁运输到场院中，再用康拜因设备（联合收割机）脱粒。在零下20摄氏度，甚至零下30度的严寒中，我们要将收割下的大捆大捆水稻装到爬犁上。装满水稻后的爬犁，有4米多高。要将一捆几十斤重的稻子装到爬犁上，对我这个十五六岁的孩子来说，常常铆足了吃奶的劲也难以完成，我往往是累得身上的汗水透过棉袄，在衣服背后结成了一个大冰壳。

专跟爬犁的一位犯人，是日本战犯，罪名是"人种犯"。据说当年日本人选择身材高大、形象好的中国男子，专与日本女人生孩子，试图改变人种。

他个子有一米九左右，不声不响地走过来把我手中的叉子拿去，然后挥动着有力的双臂，把整个爬犁的稻捆装好，便转身消失在黑暗中了……

把稻捆用爬犁运到场院后，要用康拜因脱粒。康拜因是24小时连轴转的。

有一天晚上，由于康拜因机器皮带断裂，我要回分场去取配件。分场与场院相隔有5里路左右，回分场的路要经过一片草原与沼泽地。还好，有漫天的星光照耀，把夜幕染上淡淡的蓝色，这样一来，周边的夜色倒显得有些美丽。

我顺着大道走着，见到路边有一双绿莹莹的眼光在闪动，原来，那是一只硕大的狼坐在那里注视着我……奇怪的是，那时的我却没有丝毫的恐惧，仍朝前走去。

那只狼坐在路边纹丝不动，只是绿色的眼珠一直随着我移动，且光既不狰狞，也不贪婪，倒是有几分像孩子见到了新奇东西时的样子。

等我离它约2米多距离时，它的嘴微微张合了一下，好像在说："嘿，伙计，这么晚了，你一个人干吗去？"

我也就像对一位老朋友一样，边走边朝它微笑，并举手致意。狼一直坐在那儿，目送我走远……

也许我来到"北大荒"，是来到了一个宁静、人与人之间充满关爱的"世外桃源"之中，有些"爱屋及乌"，见到这里的狼，也觉得是很可爱的。

那时，我虽然没有相机，但光影把一个严寒中的夜晚，渲染得那么温馨，那一幕的情景，就像一张《与狼对话》的摄影作品，深深印在我脑中。

春天是播种的季节，我们要光脚到水田里拉播种车。"北大荒"的四月，虽是春天，但水底下还有冰碴子。光脚入水，便是彻骨的寒冷。

有一天，我刚从水田里上来暖和一下，一位又干又瘦的老头过来说："你上去歇着吧，我帮你都干了。"

我看他若无其事地在水田里走来走去，疑惑地问："你不冷啊？"

老头一笑，敞开怀来，指着身上穿着的一件紫貂背心说："看我穿的啥？皇上赐的，这件背心可是用了四十几只紫貂，专挑肚子上那块皮子做的，既软又暖和。"

我想，其实他也是冷的，只是看我年纪小、身子单薄，于是来帮我的。

梧桐河五分场小卖部有我一位同事，是女孩子。她告诉我，她父亲原来是农场的警卫排排长，战斗英雄。抗战后，有一部分日本关东军的家属被送到这里改造，其中有一位年轻的女孩，与我同事的父亲产生了感情。在劳动中，她父亲经常会扔双手套给她，或派些轻松的活照顾她。最后组织上终于同意了他们的婚姻，但他必须退伍，就地转为农场职工。据说这还是请示了中央领导后批准的。

中日建交后，他们全家要去日本了。临行时，那位女孩对我说："萧哥，你总羡慕别人可以拍照片，等我回到日本，给你买台相机！"

……

我回忆往事，却不如烟啊！

我就是在这些人性光芒的照耀下成长起来的，那遥远的"北大荒"，虽然条件艰苦，但那里的人们没有嫌弃我，使我沐浴着那些善良、淳朴人们的关爱。

可惜，那些人物形象，那些感人的场景，当时都没有条件记录下来，只能留存在我的记忆中了。

这一切，都是激发我用摄影记录生活的原因与动力。因此，我去拍摄大型纪录片《中国民居》时，同时还拍摄了几千张胶片，记录了我国那个时期各个民族传统村落的状况，后来，汇集成册出版了《中国乡土建筑》与《中国传统村落图典》等著作，留住了这些可贵的影像与记忆。

2008年我参加北京奥运会开闭幕式创作，也"偷偷地"拍了一千多张照片，连同日记，出版了《给未来的信——2008年北京奥运会开幕式揭秘》。以这种方式，记录那些"祖国利益高于一切"的创作者们，记录他们奉献智慧、血汗的那些日日夜夜。据出版界的朋友说，记录北京奥运会开闭幕式的书，目前可能还仅此一册。

而现在这部画册中的影像与文字，主要记录了我出国学习与从事艺术创作的经历，其中也讲到了那些在工作与生活中，曾给予我帮助与教导的人们，谨此表示我对他们由衷的感激！

还有我的女儿，从四五岁起，她就跟我走南闯北。我也曾经由于工作，耽误了给她更多的关心与爱。因此，在我的艺术创作中，也有她给予我的宽容与鞭策。

由于时间已久远，我记忆中的人物与事，可能会有误，请读者原谅，并勘误。谢谢！

萧加

2018 年 6 月 1 日